廢柴夫君是個寶 上

寒山午暖 著

風文創 1081

目錄

序文

寒山乍暖

寫這個故事前想了很多，以前也看過許多古代言情，很多是女主角有著現代人的靈魂，穿越過去，抵抗封建，發家致富，但從沒有人告訴過古代土生土長的女子，她們應該做什麼。我就想，如果穿越的是男主角，故事會不會不一樣呢？

穿越的男主角到底是會接受封建思想，想要三妻四妾，嬌娘環繞，還是有著現代思想，想要一生一世一雙人，支持男女平等？

我覺得在現代社會下成長的男子，一定會有著現代平等進步的思想，他會用現代的先進技術造福古人，同時也會用現代的先進思想教會妻子到底什麼是夫妻──不納妾，夫妻相偕到老，這是應該的，理所當然的，並不是什麼恩賜。

這是我寫這本小說的初衷。

女主角在古代土生土長，嫁給一個別人都不看好的廢柴夫君，結果夫君和想像中完全不一樣，不僅什麼都會一點，而且堅持不納妾，對妻子一心一意。女主角在男主角潛移默化的影響下慢慢改變自己，當然作為一個古代人，心理年齡肯定要成熟許多，很多時候都把男主角耍得團團轉。

當然兩人之間除了歡笑也有感動的時候，嫁給男主角不久就被趕出家門，女主角毅然決然選擇和男主角一起離開國公府。男主角遠赴西北任職，漫天大雪，女主角趕過去為了同男主角團聚，不遠千里趕到西北。

最後，女主角活成別人都羨慕的樣子。

寫文的時候感覺很輕鬆，大概因為男主角都是女主角想要的樣子，而我也想寫溫馨的故事，所以整本小說的基調也是輕鬆的，沒有太多的算計，也沒有太多的宅門情節，本質上是一篇種田文。

不過寫文的時候，也會卡住不知如何下筆，需要查很多關於農業方面的資料，很多劇情都是一點一點打磨出來的，慢慢地將單薄的紙片人一點一點地填滿血肉，才有了文中這些角色。

也許因為自己是作者，所以對角色的感情更深，寫完這本小說之後，我遲遲沒有從故事裡面走出來。雖然在小說的最後寫了結局，但在我看來，裴殊和顧筠的故事並沒有結束，他們的未來還有無限種可能。

這幾個月的時間完成了一本小說，感謝陪我走過來的每一個人，感謝你們的陪伴，幫我捋大綱，梳理情節，在無助的時候給我鼓勵和安慰。沒有你們，我不會寫完一個完整的故事，是你們的陪伴，給了我將靈光乍現鋪成徐徐畫卷的勇氣。

我相信未來的日子裡，我的筆下會出現更多的故事，更多的任務，我也一直會寫喜怒哀樂，繪人間百態。

未來很長，希望讀者能一直都在，也希望你們的未來一片光明。

第一章

天將曉，顧筠翻了個身，她一夜沒睡，腦子昏昏脹脹的。

大紅喜燭還沒燃盡，時不時能聽見燭心噼哩啪啦爆開的聲音。

紅色的紗帳，紅色的被子，屏風牆上貼著大紅喜字，几案上擺著桂圓、蓮子、花生搭成的小山。

這是她的洞房花燭夜，可顧筠一點喜意都沒有。

新婚之夜，新郎官出去喝酒徹夜不歸，把她一個人丟在喜房，出去尋人的小廝還沒回來，估計找不到人了。

雖然早知自己嫁的是什麼人，可還是忍不住傷心難過，這是洞房花燭夜，哪個女子不盼著嫁人？哪個女子不盼著同夫君琴瑟和鳴？

顧筠懷疑自己的選擇究竟是對是錯，她是平陽侯府庶女，嫁過來算是高嫁，可她自小琴棋書畫，樣樣精通，女紅、管家哪樣不是家裡姊妹中拔尖的，除了庶女這個身分，她與裴殊比究竟差了什麼？

經營了好幾年的名聲，就盼著嫁個好人家，而今嫁給這麼一個不學無術、不識大體，連新婚之夜都跑出去喝酒的紈袴子弟，她也不圖裴殊對她好，可最起碼的體面和敬重該有吧？一會兒就該起床給國公府長輩敬茶了，裴殊人在哪兒還不知道，再想想三日後回門若是也這樣，那才是丟臉丟到家了。

顧筠翻了個身，事已至此，傷心難過也沒用。

顧筠坐起來，喊清韻、綠勺進來。這兩個是她的陪嫁丫鬟，自小跟她一起長大。

不管裴殊回不回來，她都得去敬茶。

裴家長輩也知道裴殊是個什麼人，總之這回是他們理虧，既然理虧，她才不白吃這個悶虧。

清韻、綠勺正要推門進來伺候顧筠梳洗，澄心院的大丫鬟春玉訕訕道：「清韻姑娘，夫人可要奴婢伺候？」

她在外頭等了一夜，還沒世子的消息，一會兒就該去敬茶了。

清韻冷冷道：「夫人只喚了我們進去，春玉姑姑還是在這兒等世子爺吧，萬一世子爺一身酒氣回來，沒個伺候的人怎麼成。」

春玉笑得更乾了，她不好再說什麼，側過身，看著清韻、綠勺端著銅盆熱水進去。

門闔上，春玉轉身嘆了口氣，讓簷下一眾小丫鬟該幹啥幹啥去。

「小廚房備好飯，熱茶溫水，去前門側門守著，要是世子回來先告訴我。」春玉一雙眉毛都要皺死了。「一點消息都沒有嗎？」

「春玉姑姑，世子常去的酒館賭坊都找了，還是沒有。」

春玉身子顫了顫，覺得天都要塌下來了，原以為世子只是愛玩，這麼一看根本就是分不清輕重，這要是連累她們被少夫人厭惡……

「這可如何是好？」

不僅顧筠一夜沒睡，英國公這一夜也沒睡。

外頭曚曚亮，再等下去太陽都該出來了，他揉了揉眉心，喊門外的小廝。「人還沒找到？」

很快門外傳來一道聲音。「公爺，還沒消息……」

英國公胸口起伏，雙目瞪得跟銅鈴一樣，手指著門口罵道：「這個逆子！」

話音剛落，一雙纖纖玉手就撫上他胸口，徐氏靠了過來，一邊給他順氣一邊道：「公爺消消氣，為這麼點事氣壞身體可不值當。」

「這麼點事，他多大的人了？平日胡作非為也就算了，昨兒是什麼日子，他成親，大喜的日子！」英國公儼然是氣急了。「再這麼下去，這個世子他也別當了！」

徐氏跟著嘆了口氣。「公爺在氣頭上，妾身勸什麼您都聽不進去，只是世子平日愛玩，身邊又沒個勸著的人，成親之後自然就好了，您別因為一時氣惱，傷了父子情分。」

英國公喘著粗氣，眼睛看著床帳。「……我是管不了，就盼著他媳婦能治治他。」

躺了一晚上，再躺下去也沒什麼結果，英國公起身下床，徐氏跟著起身，要服侍他穿衣，英國公擺了擺手。「妳躺著。」

看著英國公快要穿好衣服，徐氏倚靠在床上，欲言又止，英國公皺了皺眉。「怎麼了？」

「公爺，是不是妾身做得不夠好，所以世子才……妾身記得姊姊在時，世子很上進。」

「與妳無關，是他不思進取，頑劣不堪。」說完，英國公頂著晨露出門了。

徐氏望著門口，不一會兒，貼身嬤嬤就進來了。

徐嬤嬤俯身在她耳邊說：「世子在城南巷子胡同裡，一般人尋不到，喝多了，不到中午是醒不過來的。」

徐氏就放心了。「澄心院那邊可有動靜？」

「有人去尋，但是還沒找到人，這一晚，少夫人肯定會銘記於心，只是，老奴怕少夫人跟您作對。」徐嬤嬤就是不太明白，既然裴殊已經失了國公的心，丟了世子之位是早晚的事，何必多此一舉給他娶平陽侯府的女兒。

娶個平庸的也就罷了，顧筠顯然不是。

她一個奴才就聽過不少，顧筠去賽詩會拿頭名，去城外布施，還救過安王妃，一個庶女，能把嫡妹壓一頭，怎麼可能是省油的燈？

「這妳就不懂了，這些年裴殊頑劣不堪，公爺嘴上不說，心裡也會疑心是我有意放縱，若隨意定門親事，公爺那裡說不過去。世家嫡女誰願意嫁給他，挑來挑去只有顧筠了。顧筠的性子未嘗不好，新婚之夜，夫君徹夜不歸，夫妻離心，她要強怎麼會把這口氣嚥下，日後裴殊失了世子之位……」徐氏笑了笑。「她嫁進來想著做世子夫人，到時她對裴殊定有怨氣。」

見徐嬤嬤恍然大悟，徐氏輕飄飄瞧了她一眼，道：「不管他們能不能做夫妻，顧筠都不會輕易放過裴殊。至於會不會對付我？她才多大，我吃過的鹽都比她吃的米多。」

一個小姑娘，她還不至於放在心上。

所以說，顧筠就算不好惹，受罪的也是裴殊。

徐嬤嬤憨笑兩聲。「還是夫人思慮周全。」

「我這也是沒有辦法的辦法，繼室難為，我又是妾扶上來的，靖兒讀書用功，什麼都不差，若是裴殊德才配位，我能說什麼。只能怪他自己不爭氣，且等著吧！公爺真以為成親就能收心呢，再失望一次，裴殊離世子被廢也不遠了。」

徐氏起身穿衣，畢竟待會兒敬茶，裴殊缺席，她還要好好安慰顧筠幾句呢！

「把我那壓箱底的鐲子拿出來。」

她平日捨不得戴，連兒媳都沒給，送給顧筠雖不捨得，但也算用到刀口上。

四月，晨起霧氣濛濛，特別冷，裴殊從草木灰堆裡爬起來，腦袋還暈乎乎。

周圍是一片灰牆，牆角堆著灶灰和爛菜葉子，還有棵樹，樹上有幾隻飛鳥在跳腳。

他怎麼在這兒？

他記得自己熬夜在實驗室記錄數據，忽然心臟絞痛，臨死前還聽見有人喊救護車。

他揉了揉太陽穴，腦袋裡有很多不屬於他的記憶，亂七八糟的……

喝酒、賭錢、聽曲、看戲，花幾千兩買隻金貴的蛐蛐兒；他兄長考取功名，用看廢物的眼神看他；昨晚新婚之夜，他挑了蓋頭就出去和賓客喝酒，酒過三巡還不過癮，不知道誰說了句繼續喝，幾個人推推搡搡就出門了。喝完之後扶著牆往外走，不知走了多久，最後倒在巷口的垃圾堆裡……

裴殊坐在地上懵了一會兒，才弄明白，原身是英國公府世子，幼時母親病逝，父親抬了姨娘徐氏做繼室，他心裡不滿，三天兩頭鬧一回，到後來私塾也不去了，招貓逗狗，貓憎狗嫌，連八歲的孩子都不如。

到了娶親的年紀，沒姑娘願意嫁給他，繼母給她挑了平陽侯府的庶女顧筠。

這算是徐氏這麼多年辦的唯一一件人事。

顧筠雖是庶女，卻頂頂漂亮，名聲也好，嫁給他可以說是鮮花插在牛糞上。

可是原身不以為意，他以為顧筠是徐氏的人，自然不放在心上，掀完蓋頭就去喝酒，結果因為喝得太多，還丟了小命。

裴殊嘆了口氣，他從小讀書厲害，接連跳級，二十三歲讀完博士，直接進了研究所，就開始沒日沒夜地做研究，最後過勞而死。

陰差陽錯來到這個時代，還多了個媳婦。

原身處境艱難，但好歹是個世子，他只要不賭錢喝酒，好好把日子過下去就行，再加上前世的研究，日子總不會太差。

裴殊拍了拍臉，他從沒想過結婚的事，昨晚拜堂的人雖然不是他，可占了人家的身子，顧筠就是他的妻子。

他不太了解這個朝代，但也知道古代對女子是多麼苛刻，不過感情可以培養，他接受現代的教育，只認可一夫一妻制。

本來他們這種科研工作者私人時間就少，他以後若要結婚，估計也是相親，顧筠是他妻子，應該好好對人家。

至於原身是個紈袴，大字不識，沒人看得起他……反正他也不在乎這種虛名，別人愛怎麼看他都隨意。

裴殊拍了拍衣服坐起來，打算先回去，好好向顧筠道歉。

太陽昇起，顧筠一出門就把春玉嚇得身子一抖。

少夫人眼睛這麼紅，一張小臉看上去委屈極了，一副哭過的樣子，連她都覺得世子不是個好東西，把這麼好看的新娘子放在一旁，自己去喝酒。

春玉低下頭，行禮道：「少夫人。」

澄心院的大門開著，院門口處栽了兩棵柏樹，上面還掛著紅燈籠，院子很大，三進三出，後面還有個小花園。

此刻，院門寂靜，守門婆子的眼睛看著腳尖，一排小丫鬟站在房簷下行禮之後跟鵪鶉似的。

顧筠道：「世子還沒回來嗎？」

春玉回道：「世子應該一會兒就回來了。」

「那不等了，我剛進門，不好讓長輩等。妳去門口守著，世子若是回來，請他直接去正廳。」

聽顧筠這麼說，春玉趕緊道：「少夫人，世子只是一時高興才出去喝酒的，並無半點薄待看輕之意！」

顧筠笑了笑，好像一朵被風雨摧殘過的白花。「是嗎？」

顧筠帶著清韻、綠勺去正廳，因英國公基業大，院子就有十幾個，從澄心院到正廳要半刻鐘，穿過內垂門和花堂，這才到了。

正廳裡坐滿人。

為首的是英國公和繼夫人徐氏，英國公眼下一片青黑，徐氏穿得很是素淨，外人提起這位繼夫人，沒有一句壞話。

左邊坐的人是姨娘劉氏，右邊坐的人是二公子裴靖，下首是他夫人陳氏，還有四公子裴遠，其身後兩個姑娘低頭坐著，看不清神色。

正廳裝飾倒是古樸雅致，顧筠是新婦，不好四處看，她抿了下唇，行了一禮。「媳婦來給父親、母親敬茶。」

英國公冷著一張臉，徐氏拍了拍他的手，抿唇笑道：「昨兒委屈妳了，等裴殊回來定要罰他，他性子貪玩，妳多擔待些。」

裴殊來不了，顧筠被這麼多人看著，一個人敬茶，不知有多難堪，眼睛紅得像兔子，不知昨晚哭到幾時……

徐氏目光溫柔，輕輕扯了扯英國公的袖子。「世子還沒來，阿筠站了許久，公爺，先讓阿筠敬茶吧！」

話音剛落，廳外就傳來一道聲音。「我來晚了！」

裴殊回來了，周圍一下子安靜下來。

徐氏掃了眼徐嬤嬤，不是說一時半會兒醒不過來嗎？

顧筠回過頭，只見一個身穿錦衣華服的男子連滾帶爬地進來，「啪」一聲跪在她身側，頭髮亂糟糟的，雖然眉目疏朗，可是臉色慘白，還喘著粗氣，這便是她的夫君。

顧筠就看了一眼，然後低下頭，她捧著茶盞，身形比裴殊小了一半，她能察覺到裴殊的目光，卻不看他，只盯著青色的茶杯看。

英國公拍了一下桌子。「你還知道回來！」

「孩兒知錯了，讓父親擔心，還讓阿筠受委屈，受什麼責罰我都認了，只是晨起天冷，地上太涼，我跪著沒事，別讓阿筠跟我一起跪了。」裴殊取來茶杯，高舉過頭頂。「請父親喝茶。」

顧筠想，別看裴殊不著調，但也能說兩句人話。

她跟著把茶杯遞了上去。

英國公雖然面色沈，可是裴殊都那麼說了，便趕緊喝了茶，好讓顧筠起來。他給了一個紅封。

接著，二人又給徐氏敬茶，徐氏揮揮手，徐嬤嬤便拿來一個錦盒。「好孩子快起來，這對鐲子是我的陪嫁，妳收下。」

徐氏解下腰間的對牌。「妳是新婦，按理不該這麼快就把管家之事交給妳，可是我身子實在不好，妳就辛苦受累些。我都看過帳本了，該補的已經補上，妳再對一對，我年紀大，怕有什麼疏漏的地方。」徐氏面色和煦，一點不放心的樣子都沒有。

先夫人寧氏七年前亡故，自此之後就是徐氏管家。顧筠沒想到徐氏這麼快就把管家之權交給她，她剛進門，以為總會有幾番波折。

顧筠笑了笑。「定不負母親所託。」

徐氏一臉歉意，拉著顧筠的手帶著她見府上的姨娘、公子們。

裴殊自然什麼都沒有拿到，他要隨著顧筠站起來，就被英國公眼刀一掃，膝蓋一下釘到地上。

英國公道：「你給我去祠堂跪著好好反省！」

徐氏想要勸一勸，可英國公道：「妳不必勸，他再不知道錯在哪兒，就一直跪著。」

徐氏看了眼顧筠，見顧筠沒有勸阻的意思，更放心了，只是臉上一片擔憂。

裴殊去了祠堂，顧筠和府上的姨娘、公子見禮，她給劉姨娘一支銀簪子，給二公子裴靖、四公子裴遠各一套文房四寶，給二嫂陳氏和兩個姑娘送上珠花。

先夫人寧氏育有二女一子，除了行三的裴殊，還有一個出嫁好幾年的大小姐，跟五姑娘裴湘。

繼室徐氏育有一子一女，二公子裴靖讀書用功，前年中了進士，如今在翰林院任職，是溫和有禮的翩翩公子，娶了上峰的女兒為妻子；六姑娘裴珍今年才十二歲，嬌俏可愛，機靈古怪。

劉姨娘膝下只有四公子裴遠一子，今年十四歲。

裴湘雖然是裴殊的嫡親妹妹，可是態度疏離，不見什麼親暱之情，行了禮之後就退到一旁安安靜靜聽著，倒是裴珍像隻百靈鳥，說個不停。

說了一會兒話，徐氏就讓顧筠回去好好休息，至於裴殊，還得跪上兩個時辰。

這回顧筠解氣了。

雖然罰跪是最簡單的懲罰招數，可是跪久了，膝蓋疼，兩個時辰也不短。

顧筠回去補了個美容覺，醒來時，就見清韻、綠勺守在床邊。

顧筠問：「我睡了多久，世子回來了嗎？」

清韻道：「姑娘才睡了一個時辰，世子還沒回來。」

澄心院裡靜悄悄的，顧筠琢磨了一會兒道：「先把見面禮拿過來。」

英國公給的紅封裡包了三千兩銀票，徐氏準備的是一對玉鐲。

顧筠鬆了口氣。「玉鐲放在妝匣最上頭。清韻拿著銀子，以後用錢的地方多。」

她是庶女，雖然嫁進國公府，可陪嫁並不多，說到底顧家並不看重她，也不看重這門親事，畢竟一個不學無術的世子，就算承爵，以後又能有什麼出息。

她的陪嫁總共兩套頭面，兩床被褥，一間從前就經管的鋪子，一個六十多畝地小莊子，還有一千兩銀票，再加上從小到大攢的衣服、首飾、琴和書冊。另外，祖母偷偷塞給她一千兩，自家姨娘也多少貼補了一些，只不過姨娘小心謹慎，幼弟體弱多病，能給的也不多。

顧筠自己也有私房錢，則不算進陪嫁裡。

裴殊不回來，公爹就給她這麼多東西，他以後天天不回來，都成！

想到了裴殊，顧筠還是忍不住心生期盼，這念頭一出，她就趕緊收回去。

想要靠裴殊，母豬都能上樹。

不過，她也不能讓裴殊跪太久，好歹得做樣子求情。說到底，徐氏是繼母，她和裴殊才是一家人。

顧筠把話說得很漂亮。「晨起地涼，跪兩個時辰身子怎麼受得住，若他以後再犯渾，您再罰他也不遲。」

英國公怒道：「他敢！」

不過還是把裴殊從祠堂放出來了。

這一折騰，就到中午了。

裴殊揉了揉膝蓋，跪來跪去的，真是受罪，不過也不算無妄之災，他自個兒活該，只是他不知道該怎麼和顧筠解釋夫妻相處之道。

顧筠才十六歲，就是個小姑娘，他又不是禽獸。

話說回來，要是沒有顧筠求情，他還得再跪一個時辰。小姑娘心軟捨不得他跪，他可不能還當王八蛋。

裴殊揉著膝蓋，看了看掛在正當空的太陽，心想該要吃午飯了。

聽春玉說國公爺發話把世子從祠堂放出來，顧筠半刻鐘都沒看見裴殊的影子，眼看都到了午飯的時間，他人又不知道跑哪兒去了，果然江山易改本性難移。

顧筠道：「春玉，妳去找一找，若尋不到人，就不必等了。」

春玉應道：「奴婢曉得，這就去找世子爺。」

這才回來又惹事，世子又去哪兒了？

見顧筠沈著臉，一句話都沒說，清韻嘆了口氣，攤上這麼不著調的姑爺有苦也說不出，都十八歲的人了，還那麼不懂事，連累她們姑娘吃飯都晚。

沒一會兒，春玉慌忙進來。「夫人，找到了，世子在小廚房呢！」

甭管在哪兒，只要不出去喝酒賭錢，就比什麼都強。

顧筠眉頭皺起。「廚房？」

他一個男人，去廚房做什麼？

春玉道：「世子說，昨日委屈夫人了，所以親自下廚給夫人賠罪。世子從小到大都沒進過廚房，卻願意為夫人洗手作羹湯，也許做得不好，可這是世子的一番心意，夫人一定要賞臉呀！」

顧筠想，憑什麼他做了，她就一定要賞臉？第一次下廚，做的東西能吃嗎？什麼都不會的人，也只能在這上面花心思了。

不過，顧筠還是消氣了點，下廚做飯總比出去喝酒強。

又等了一會兒，裴殊帶著人進來了。

顧筠不太情願地站起來，本來今日晨起她該服侍裴殊穿衣梳洗，以後每日都要伺候裴殊用飯，日後若有妾室庶出子女，都該一視同仁，和善待之。

要以夫為尊。

顧筠在心裡嘆了口氣，低下頭，膝蓋微曲，剛要行禮就被裴殊托住。

抬起頭，見裴殊順勢握住她的手，把她扶了起來，她有些疑惑不解。「夫君？」

聽這聲「夫君」，裴殊的心顫了顫。兩人才見過兩次，顧筠年紀太小了，他實在無法把她當作妻子。

「等急了吧？快吃飯。」

丫鬟把菜擺上桌，每道菜上頭都倒扣著一個盤子，總共三道菜，一份湯，兩碗米飯。

裴殊看這一屋子丫鬟，揮手讓她們下去。

他拉著顧筠的手讓她坐下。「昨日實在對不住，以後這種事絕對不再發生，妳看我跪也跪了，罰也罰了，妳就別生氣了。」

顧筠抿了下唇。「夫君能想清楚便好。」

她看著裴殊，只覺得陌生，他們本也沒見過，就成了夫妻。

徐氏看起來溫婉含蓄，可不知心裡想什麼；英國公脾氣大，對裴殊已經失望透頂，國公府水深火熱，若是裴殊再……那日子真沒法過了。

可他什麼都不知道，還有閒心做飯。

裴殊覺得顧筠明明是個小姑娘，卻故作老成說話，感到有些好笑，他扯了扯嘴角。「那這事就一筆勾銷了，快吃飯吧。」

顧筠還不知道，他做的飯能不能吃呢。

她剛接管中饋，帳本還沒看，不過照顧裴殊的資深丫鬟春玉跟她說了許多，比如每個院子都有小廚房，除了逢年過節一起用飯，其他日子都是各自在院子吃，都有固定花銷。

裴殊把盤子揭開，顧筠看桌上一共三菜一湯，看菜品顏色，倒是很有食慾，就是從前沒見過，不知味道如何。

裴殊道：「這道是鴨黃豆角，豆角先油炸過，然後鴨蛋黃碾碎加水調成糊，放一起炒；這道香煎豆腐，豆腐兩面煎黃，放了蒜泥和辣椒小火慢燉；這道是鍋包肉，甜的，妳嚐嚐。」

他從前不喜歡吃外食，除了科學研究，沒別的興趣愛好，就自己做菜，正好能派上用場。

顧筠沒聽過這些菜名，她站起來，用公筷給裴殊布菜。「辛苦夫君做這些，只是有廚娘在，不必勞累。」

裴殊愣了愣，一樣也替顧筠挾了一筷子，慎重道：「妳也知道我這個人最沒規矩，從不重那些虛禮，以後咱們吃飯就跟平常……夫妻一樣，妳見了我也不用行禮。唉，做幾道菜而已，澄心堂的人不往外說，就沒人知道。」

顧筠點了點頭，她先吃了口鴨黃豆角，外面很酥，沙沙的口感，鹹甜口味，味道恰恰好。再吃那豆腐，不似以前吃的那般嫩，而且很辣，剛嗆了一口，裴殊就遞來湯。

裴殊說：「湯是廚子早早熬的，我可不敢居功。」

他以為這一頓飯就能討好她嗎？

顧筠瞧了裴殊一眼。「夫君，食不言，寢不語。」

裴殊想，要是乾巴巴地對坐著吃完一頓飯，那得多憋屈。

「這個規矩咱們也不要了，就一邊吃一邊說，還自在些。

「快嚐嚐鍋包肉，我……第一次做，妳嚐嚐好不好吃？」

顧筠吃了一小口，外面是脆的，也不知道裹了什麼醬，竟然是甜的，那麼大塊肉，吃起來真過癮。

比她從前吃過的許多東西都好吃，別看裴殊別的不成，第一次做菜倒是像模像樣。

裴殊看顧筠愛吃辣的，雖然被辣到鼻尖都紅了，可她忍不住挾豆腐吃，也喜歡吃鍋包肉。

因為兩人算起來也是第一回相處，故而話還是少些。

顧筠不知不覺吃了不少，都說英國公世子不學無術，但玩也有玩的好處，她就沒見過父親進一次廚房。

雖然新婚之夜被丟下是頭一遭，可夫君親自下廚做菜也是頭一遭。

顧筠悄悄看了眼裴殊，昨晚是新婚之夜，今夜他總不會還走吧？他可是說了，昨晚那種事，絕不會再發生。

還想她被人笑話嗎？

裴殊覺得顧筠的臉就是晴雨表，好不容易晴了又轉陰了，看她吃了不少，應該不是飯菜不合口味。

裴殊問：「怎麼了？」

顧筠搖頭說：「沒事。」

裴殊不會讀心術，哪猜得出顧筠在想什麼，他又問了遍。「真沒事嗎？」

顧筠道：「沒事。」

她一個姑娘家，難道還要勸夫君留下來？

昨日沒有圓房，徐氏沒問過，今日再不圓房……

顧筠放下筷子。「夫君下午要去做什麼？」

雖然姨娘說過，男人的事少問，可顧筠真怕裴殊又去喝酒賭錢。

裴殊道：「下午沒什麼事，阿筠有事嗎？」

顧筠鬆了口氣，不去玩就成，她對裴殊的期望很低，不求別的，只要不去玩就成。

「我下午要看帳本，春玉姑姑說你平日不看書，那書房先讓我用。」

不愛看書是好聽話，裴殊根本是大字不識幾個，讓他讀書還不如要他的命。

反正他不用書房，那顧筠用。

雖然裴殊不看書，但澄心院的書房修建極為考究；兩扇寬敞的窗戶，一面朝南，一面朝東，書桌椅子都是紫檀木，靠牆修了一面極高的書架，上頭擺滿了書，多寶槅擺著名貴瓷器，門前栽了一片紫金竹，東邊是一叢海棠花。

只可惜書上積了灰，裴殊已經兩個多月沒進過書房了。

裴殊很好說話。「行。」

原身是紈袴子弟，一年進不了書房幾次，他雖然不想按照原身的日子走下去，可是什麼事都得慢慢來。

不然發現他芯子變了，得被當作妖怪燒死，再說他也得理一理思緒。

第二章

吃過飯，顧筠就去了書房，雖然徐氏說她剛進門，這些事不急，但顧筠想盡快接手。

「讓春玉去帳房把帳本拿來……世子若是出門，跟我說一聲。」顧筠叮囑清韻。

她沒閒心管裴殊的事，嫁進國公府，為的就是經營好日子。裴殊是死是活都和她無關，趕緊接手國公府大小事務才是要緊事。

顧筠不打算睡了，她得管理一家老小的食衣住行，府上年節走動，以及日後弟妹們的嫁娶之事。她必須做得漂亮一點。

顧筠一翻帳本就是兩個時辰，可算把國公府近幾年的帳翻完了。

看完帳本，她臉都白了。

英國公府表面是簪纓世家，可是外強中乾，內力虛耗，國公是爵位，並無實權。

英國公在朝中任五品官，每月拿十五石米的俸祿，四十多兩銀子雖夠普通人家吃飯，可是國公府的開銷遠不止於此。

徐氏、府上公子小姐以及姨娘都有各自的院子，院子小廚房每月有十兩銀子的定例，春夏秋冬各裁四套衣裳，女子一年訂兩套頭面，這還不論平日買的金銀首飾，每人每月二十兩月錢。因為徐氏很好說話，不夠花的還會再從公中支出，再算上夏天的冰，冬日的炭，平日裡的水果、點心，以及丫鬟小廝的月銀……

澄心院的管事姑姑是春玉，下頭丫鬟就有十幾個，也不知道裴殊弄這麼多丫鬟做什麼。逢年過節少不了互相送禮，宴請賓客，這還不是開銷最大的地方，僅是小打小鬧。在這府上花最多銀子的人就是裴殊——他就是個敗家子！

顧筠有些明白為何徐氏這麼快就把管家權給她了。

帳本最新的兩筆支出：一筆是三千兩，裴殊買了隻蛐蛐兒；另一筆是五千兩，裴殊打傷了人，賠給人家的藥錢。

再往前翻，他連書都不看卻花五百兩買名貴硯臺，一擲千金請戲班子來國公府唱戲，還有不少大大小小不知名的帳，幾百兩、幾千兩的——顧筠懷疑他拿這些銀子去賭錢了。

他一個人就花了幾萬兩銀子。

英國公的俸祿不足以支撐這些，這些花銷都是靠國公府的產業。

莊子鋪子，只要能賺到錢，裴殊怎麼花，都能補上缺漏——只是，國公府的莊子鋪子並不賺錢。

英國公府有八個莊子，每年收的糧食除了繳稅，再扣掉給莊戶的錢，就剩下沒多少了，因為莊子收成不好。

鋪子大大小小有二十幾個，除了租出去的，剩下的做布疋、瓷器、菸酒、茶糖的生意，時有虧空，生意勉強維繫。

虧空的這些銀錢，一大部分花寧氏的嫁妝，還有一小部分，是徐氏自己添錢補上的。不過繼室做到這個分上也是不容易，徐氏把帳本交給她之前就仔細查過，該補的都補上了，可也改變不了這是個爛攤子的事實。

照這麼下去，顧筠也得走上拿嫁妝貼補婆家的老路。但她嫁妝並不多，算上今早收的三千兩，總共才五千兩。

還沒裴殊打人賠的藥錢多。

這還只是明面上，顧筠不知道徐氏手裡有沒有別的賺錢法子，她也懷疑過徐氏這麼快就把管家權給她，除了想甩開爛攤子之外，是否還有別的原因？

這帳目看起來沒什麼問題，徐氏身為繼室，不貪權，不貪銀子，除了教養不好繼子，看起來是個合格的繼母。

顧筠托著下巴看窗外，窗前一片翠竹，竹葉微顫，海棠花吐出花苞，露出那麼一丁點紅。

遠處天空赤紅，雲霞飄渺，這麼快就到傍晚了。

這裡的景色多好，碩大的國公府就跟這夕陽一樣，馬上就要落山了。

這條路是她自己選的，沒什麼可後悔的，也由不得她後悔。只不過知道裴殊是什麼樣的人之後，又雪上加層霜罷了。

顧筠讓綠勺把帳本送回去，她揉了揉脖子，坐了一下午，腰痠背痛的。「世子呢？」

清韻道：「姑娘來書房之後，世子回屋睡了一個多時辰，然後就坐著發呆，其他的什麼都沒幹。」

沒出門，沒去玩，比昨天好太多了。

顧筠又坐了一會兒。「去請世子來堂廳用晚飯。」

清韻看出顧筠不大高興，卻不知為何。自家姑娘從小心思就重，她們也猜不出來，只希望世子能懂事一些，別讓姑娘傷心了。

裴殊睡了一個多時辰，醒來之後腦子清醒多了，他對著窗戶而坐，想了很多事。

如今他回不去，只能留在這裡，原身是個紈袴，對他而言也有好處，他就算做再荒謬的事，也算不上離經叛道。

以他前世做的研究，要養家餬口不成問題。至於顧筠，她還太小，他受過現代社會的教育，支持晚婚晚生，在顧筠成年之前，他們二人就以兄妹相處。

只不過……這小姑娘總是板著臉，弄得他不知道說什麼。

正想著，屋裡就進來一人，是顧筠的貼身丫鬟清韻。

清韻行了一禮，道：「世子，夫人請您去堂廳用飯。」

裴殊回過神，才發現到了吃晚飯的時間，他點了點頭，起身去堂廳。

丫鬟已經擺好飯菜，顧筠坐著等他。

裴殊道：「下去吧，這裡不用妳們伺候。」

一看桌上的菜，清粥、炒青菜、蒸魚、蒸肉，除了綠就是白，真是清淡至極。

不過一下午沒吃東西，裴殊也餓了。「快吃飯吧。」

顧筠先喝了口粥，看見裴殊就想起姨娘跟她提點過，不能問夫君太多東西，也不能管太多，以免夫君心生嫌隙。

裴殊是世子，自小含著金湯勺長大，肯定有自己的脾氣，她遷就些，讓著些，這才是夫妻間的相處之道。

姨娘也說生下孩子才是要緊事。有了孩子，日後好有個依靠。

顧筠臉有些紅，用公筷挾了塊魚肉給裴殊。「夫君，小心刺。」

裴殊深吸一口氣。「妳多吃點，妳也太瘦了。」

小廚房煮的菜味道一般，還不及裴殊中午做的好吃，而裴殊看顧筠吃得不多，一頓飯為她挾了三次菜。

顧筠口味清淡，從前在家裡吃的就是這些，因為吃重鹹口味，怕身上味道不好聞，也怕吃多了，身形不好看。今天中午那道豆腐讓她破例了。

吃過飯，天已經完全黑下來了，夜裡風涼，兩人便回了屋。

不同於昨晚一個人在新房從天黑等到天明，今日裴殊也在。

顧筠看了一會兒書，裴殊就坐在一旁盯著燭燈，清韻進來添了好幾回茶，他眼睛都不眨一下。

顧筠想說些話，可她不知道和裴殊說些什麼，他就是個浪蕩子，空有一副好皮相，腦子裡全是草，她記得有回賽詩會，裴殊把字都讀錯了。

跟他說書說詩，根本就是對牛彈琴。

顧筠翻了兩頁書就放下了，她看不進去，她不知道別人家夫妻是怎麼相處的，反正她和裴殊在一起就是覺得怪。

她昨日受了委屈，今日還要委屈嗎？哪怕裴殊不著調，夫妻之間也不該是這般冷冰冰的……

他可以愛玩，但顧筠希望裴殊的心是向著她，就和早上敬茶時一樣。

顧筠把書放下。「夫君，時候不早了，我伺候你歇息吧。」

裴殊剛端起茶，才含了半口，聽這話差點噴出來。他把茶水嚥下去，拍了拍胸口，正想好好和顧筠說話，就對上一雙明澄澄的眸子。

顧筠很好看，比現代的明星還要好看。

他告訴自己，顧筠還小，兩人受的教育不一樣，想法肯定也有不同之處，他可以慢慢告訴她。

首先就是晚婚晚生，其次就是一夫一妻，還有便是他們之間沒必要說伺候、服侍之類的話。

但是看見這雙眸子，裴殊說不下去，興許顧筠沒這個意思呢……

裴殊咕嚕咕嚕把茶水全灌進去，道：「太早了吧，這剛什麼時辰，妳若是睏了就先睡。」

顧筠臉色沈了下來。

裴殊愣住。「……」

他也不知道說錯了哪句話，觸了這個小姑奶奶的霉頭，怎麼說變就變。

顧筠又氣又委屈，眼眶一下就紅了，她站起來道：「好呀，那我去睡。」

裴殊坐都不敢坐了，他沒見過女孩子哭，也不知道怎麼哄人，便嘆了口氣。「妳別這樣……」

屋裡沒丫鬟，裴殊去把門關上，見顧筠鼻尖紅紅的，一副要哭不哭的樣子。

「哎，這是怎麼了？怎麼一句話說不對就這樣。我讓妳先睡是怕妳睏，不為別的。」裴殊覺得自己真是有十張嘴都說不清。

顧筠更委屈了。「那是為何？昨兒你不在也就罷了，再說也無用，今晚你還要如此嗎？」

裴殊拉著顧筠坐下，若是跟顧筠說她年紀太小，不該做那種事，她不一定會信，而且，在顧筠看來，嫁人生子是再正常不過的事。

裴殊認真看著顧筠道：「阿筠，妳知道我從前為何只喝酒賭錢，最多也就是聽曲看戲嗎？」

顧筠眨了眨眼，不解道：「為什麼？」

裴殊道：「因為我有難言之隱，所以這些年自暴自棄，這麼說妳明白嗎？」

顧筠搖了搖頭。

裴殊略一思索，沈聲道：「這兩年，我一直求醫問藥。」

「啊？」顧筠一下就怔住了，這種事發生在誰身上都不好受，無論她說什麼都只會往裴殊傷口上撒鹽。

最後她問道：「那還能治好嗎？」

裴殊說：「多看幾個大夫，應該還有機會。」

桌上畫著美人持扇的燭燈光芒閃爍，夫妻倆坐在羅漢床上對望，中間隔了一張方正小几，一時之間誰也沒說話。

最後還是裴殊按捺不住尷尬咳了一聲，顧筠垂下了頭，她以為嫁過來，就算裴殊不成材，只要她生下孩子，好好教養，日子太差也有盼頭。

這回孩子也沒有了，她不好再說什麼讓裴殊傷心。他都說了以後興許還有機會，她多看看醫書，就算真的不成，抱養一個，當親兒子教養長大。

顧筠乾巴巴地安慰裴殊。「這種事急不得，你也別太難過。」

裴殊扯著嘴笑了笑。

顧筠一向樂觀，從前在顧家，不受寵、被擠對、被為難，她想一會兒就能想開，沒什麼過不去的坎兒。「父親他們可知道這事？」

裴殊這回搖了搖頭，他這是誆顧筠的，不過原身確實不沈迷男女之色，只愛喝酒賭錢。

顧筠擔憂地看著他。「那就不要告訴他們了，私下找幾個大夫看看，實在不行再想別的辦法。」

裴殊道：「聽妳的。」

顧筠安慰他。「沒有孩子的話可以抱養一個，我從前去城外施粥，破廟裡有不少乞兒，看著也模樣端正。」

如果沒有自己的孩子，就領養兩個，一男一女。

裴殊心裡不是滋味，顧筠能這麼想，出乎他的意料，她才多大，其實應該跟她解釋清楚的。

裴殊嘆了口氣。「都聽妳的。」

顧筠猶豫了一會兒，道：「那後日回門，你可不能再出去玩了，到了顧家，你安心待上半日，咱們就回來了，回來之後你想去哪兒就去哪兒，如何？」

她怕裴殊又出去讓她一個人回門，這門親事很多人都不看好，她不需要回門那天裴殊刻意做些什麼，只要他在身邊就好。

裴殊點了頭。「放心，我哪兒都不去。」

看著顧筠認真的樣子，裴殊突然有些心疼，他的名聲不好，沒人願意嫁給他，他不知道顧筠在顧家的境地，想來不太好。

顧筠對他的期盼很低，別去喝酒，少玩就成，別的都隨他去了。

顧筠放下了心。「那快梳洗歇息吧。」

新婚燕爾，就算裴殊病著，也該同寢而眠，顧筠本是平躺著，躺了一會兒側過身，握住裴殊的手，卻什麼都沒說。

裴殊卻睡不著了，顧筠的手很軟，離他很近，聞著也香香的，一點設防都沒有。

在她眼裡，他就算再不堪也是她的夫君。

很快就到了回門那天。

徐氏早早就把回門禮準備好；兩罈好酒、兩匣點心、貴重的擺飾，還有禮單裡必須有的豬頭、綢緞、布疋……她看了三遍，不會出任何錯漏。

親眼看馬車離開國公府，徐氏才帶著女兒回去。

裴珍跟著回正院，別看她才十二，但懂得也不少。「那麼一車東西……母親怎麼這麼快就讓三嫂管家，二嫂才是您親兒媳。」

不僅把管家權交出去了，還把裴殊那敗家子花的錢全給補上了。

徐氏把門關好。「妳還小，只看得出表面，裴殊是世子，新婦進門，我若把著中饋不放，在外人看來豈不是別有用心，若是不把虧空都補上，顧筠怎麼會放心接下。」

裴珍不明白。「母親，這又不是燙手山芋，我看她巴不得管家呢。」

徐氏道：「她肯定想要，可也不看看有沒有那個能耐。」

徐氏不放心女兒，更怕多生事端，所以有些事瞞著裴珍沒說。「妳看看裴殊這些年花的銀錢，一年幾萬兩，把他娘的嫁妝全揮霍空了，真以為成了親就改性，癡人說夢。」

裴珍恍然。「那以後裴殊花的錢都得顧筠補，她就是一個庶女，哪來的錢……」

徐氏點了點頭。「這麼多錢我都補上了，以後裴殊無論是花錢還是欠錢，都與我無關。」

這是其一，還有其二，裴殊花錢如流水，很多錢他自己都記不清。

徐氏拍了拍裴珍的手。「能不能管家，全看她的本事。」

她籌謀多年，不在乎多等些時日，不過也沒幾天了，顧筠一個小姑娘，能翻出什麼浪。

今天顧筠換了身衣裳，櫻紅色的雲紋寬衫，藕荷色繡桂枝的長襦裙，頭髮烏黑，梳成了牡丹頭，右邊簪著一根海棠步搖。

反觀裴殊，一身珠白的袍子，比起敬茶那日穿得低調多了。

裴殊這一路上一直拉著顧筠的手。

顧筠心下緊張，就向裴殊講起顧家的事。大姊已經嫁人了。二哥五年前娶親，現在是嫂嫂沈雲珠掌家。三姊顧珍年前嫁給寒門子弟，如今隨夫離京。她在家中行四。五郎顧承獻是庶子。六娘顧槿比她小一歲，還未及笄。七娘顧寧才十三。她的親弟弟顧承霖今年五歲，自幼體弱多病。

顧筠道：「祖父、祖母都是和善的人，等見過長輩之後，我帶你去見我姨娘。」

按規矩，回門這天姨娘不在正廳，明明生她、養她，為她費盡心力，卻不能送她出嫁，也不能迎她回門。

為人妾室便是如此，哪怕再受寵，有享不盡的榮華富貴，可是在別人眼裡就是上不得檯面的奴才。

顧筠不願為人妾，就算像三姊一樣嫁給寒門子弟也無妨，當初英國公府登門提親，母親問過她的意思，顧筠便答應了。

嫁給裴殊，總比進王府為妾強，縱使裴殊靠不住，她還能靠自己。

其實沒人看好這門親事，顧槿說她從小都是爭強好勝，挑夫婿的眼光卻不怎麼樣，國公府的基業能禁得住裴殊揮霍幾年，世子夫人看著光鮮亮麗，可當裴殊的夫人卻令人恥笑。

再說徐氏是繼室，裴靖考了功名，裴殊能保住這個世子之位嗎？

這些話顧筠就略去了，現在誰都知道她新婚之夜被丟在新房，但她覺得裴殊並不是壞到骨子裡，至少敬茶時知道照顧她，回門一直牽著她的手。

他從前胡鬧頑劣，只是因為身體不好，母親不在，心裡難受罷了。

裴殊一字一句聽著，原身不拿婚事當回事，自然也不會在這上面花心思，一會兒可別認錯了人。

小半個時辰的車程，從城南到城北，總算到了平陽侯府。

早先有小廝盯著巷口，看國公府的馬車來了，就跑回府稟告，片刻工夫一群人走出來。

侯府不及國公府氣派，門口兩個石獅子，朱紅色的門大開。

平陽侯已經下職，和夫人一起等在門口，旁邊是府上公子小姐，還有一群丫鬟僕從。

馬車慢悠悠地停下了，前頭一輛乘載著世子和夫人，後頭一輛拉著回門禮，滿滿一車，丫鬟小廝隨車而行，浩浩蕩蕩。

平陽侯面無表情，平陽侯夫人儀態端莊，沈雲珠虛扶著婆母，顧槿站在沈雲珠身側，臉上帶了兩分笑，她旁邊是顧寧。

顧槿微微歪了下頭，聲音壓得極低，對著顧寧道：「也不知四姊是一個人回來，還是和四姊夫一起回來。」

顧寧一怔，搖了搖頭。「這我哪兒知道。」

顧筠終於出嫁了，若是她還在閨閣，以後肯定被她壓得喘不過氣來，顧筠就像顆明珠，光芒璀璨。

顧寧總是嘆息，為何自己什麼都比不上四姊，詩書作畫、彈琴琵琶不如就算了，就連女工都被遠遠甩開，一開始還嫉妒，後來差得太多，就習以為常了。

顧寧是庶女，就算被顧筠光芒蓋住也沒什麼，但顧槿不一樣，她是正兒八經的嫡女，卻被顧筠一直壓著。

比不過就使小手段，每次都被顧筠四兩撥千斤擋回去。

得知顧筠定了這門親事之後，顧槿很是痛快，也釋然了。母親說得對，她再拔尖也只是庶女，別看裴殊不著調，但是能嫁進國公府，是顧筠幾世修來的福氣。

雖然這種對象給顧槿、顧夫人看都不會看一眼。

新婚之夜，國公府的侍衛滿大街找人，也不知四姊是怎麼挨過漫漫長夜……

馬車簾子掀開，一人從裡面跳下來，是裴殊。

裴殊把踩凳扶穩，朝車上伸出一隻手。「夫人，下車吧。」

遠看是個眉目疏朗的郎君，不看品性，單看樣貌，裴殊在盛京城也能排進前幾名。

顧筠只遲疑了一下，就把手搭上去，春風一吹，吹乾兩人握手生出的濕汗。

顧筠是被裴殊扶下去的，下了馬車之後，裴殊就鬆開手，立在她身側，兩人登上臺階，屈膝行了一禮。

平陽侯夫人一臉和善的笑。「好孩子，回家了哪還要這些虛禮，快快進屋吧！」

裴殊禮數周到。「見過岳父岳母。」

平陽侯道：「這一路過來也是辛苦，快進屋喝點熱茶。」

顧槿盯著顧筠和裴殊的背影，暗暗咬牙，聽著顧夫人對顧筠噓寒問暖，問她在國公府過得好不好，可缺什麼。

顧筠說一切都好。

顧槿心想，就算不好，顧筠會說嗎？她自己選的婚事，就算不好，也只會把委屈嚥到肚子裡。

國公府準備的回門禮很體面，裴殊也算有禮，問什麼答什麼，還誇了顧筠好多句，顧筠都有些不好意思了。

看起來新婚燕爾，還有幾分甜蜜在。

顧夫人對這個庶女沒什麼多餘的感情，稱讚顧筠拔尖其實是帶著私心，畢竟她在外頭賽詩會上拿頭名也給顧家添臉面，出去布施帶著家裡姊妹，外頭都說顧家姊妹親近。

如今看裴殊沒那麼不著調，興許能改呢，但顧夫人不抱太大期望，徐氏可不是好相與的人。

「妳祖母這兩天一直念著妳，快去看看她老人家，妳姨娘也記掛著妳。」

顧筠和裴殊告了退，出屋下臺階時，裴殊還伸手虛扶了下顧筠的腰，被正院裡的嬤嬤看見了。

嬤嬤回去之後就把這事告知顧夫人。

顧夫人道：「才成婚，以後再看吧，過得好或不好，都是她自己的造化。」

第三章

去了顧老夫人的院子，顧筠眼眶有些紅。

未出閣前，由於顧老夫人有些腰痠腿疼的病，顧筠看過醫書，學了點按摩的法子，日日請安時替老夫人揉肩捏腿，風雨無阻，這才親暱起來。

祖母對她很好，自然不願她嫁進英國公府，但又拗不過她，也不知道她老人家現在還氣不氣……

行過禮之後，顧筠撲到顧老夫人懷裡。

裴殊頭一回見顧筠哭得唏哩嘩啦，更是手足無措。「哎，別哭啊，高興事，不知道的人還以為我欺負了妳呢！」

顧老夫人這才好好打量這個孫女婿。

裴殊就站著任她打量。

年紀大的人看人準，裴殊眼神清澈一點都不虛浮，看著倒是很疼阿筠，就是不知道是不是裝出來的。

顧老夫人年紀大了，眼睛有些混濁，她拍拍顧筠的背。「都嫁人了，別跟小姑娘似的。」

裴殊在這兒，顧老夫人也不好問太多，不過看顧筠的樣子，不像受什麼委屈。

雖然裴殊是爛泥扶不上牆，顧老夫人本來不同意這門親事，但顧筠覺得與其進宮或是入王府，還不如嫁給裴殊，至少是堂堂正正的世子夫人。

顧老夫人倒不擔心她進門受徐氏擺布，只是不願意她如花一般的年紀就過這種日子，若對夫君半分期盼都沒有，嫁過去和守活寡有什麼兩樣？

可再想，世上本就沒有兩全的法子。

庶女的桎梏太多，不能要求裴殊樣樣出眾，顧筠看重正妻和家世，就不能要求別的。

顧老夫人給顧筠擦乾眼淚。「別哭了，大喜的日子。」

洞房花燭夜，裴殊出門飲酒徹夜不歸，顧老夫人知道顧筠受委屈了，可事情都發生了，再追究只不過是弄得誰臉上都不好看罷了。

顧筠吸了吸鼻子。「我沒受欺負，只是見到祖母開心。」

裴殊不好打攪祖孫倆相聚，藉口去外頭透氣，在院子裡看了半刻鐘的玉蘭花。

顧筠出來了，幾個丫鬟遠遠跟在後頭。因為她補了妝，根本不像哭過的樣子。

裴殊只覺得詫異，他記得敬茶那日還有那天晚上，顧筠的眼睛都是紅得像兔子一樣。

顧筠道：「祖母睡了，就不用過去了……祖母以前很照顧我。」

沒有顧老夫人護著，顧筠很難出那麼多風頭，就算優秀拔尖，也不能顯露出來。一個庶女，若是沒這點名聲，估計就是潦草一生。大概能憑著一張漂亮臉蛋進王府，跟一群女人爭一個男人。

沒等裴殊說話，顧筠就向他笑了笑。「我帶你去見我姨娘。」

顧筠口中的姨娘李氏，長得很好看，年紀雖大，可風韻猶存，不然，也生不出顧筠這麼漂亮的女兒來。

顧承霖臉色蒼白，人瘦瘦小小的，卻不怯懦，喊了聲。「姊姊，姊夫。」

顧承霖被養在李氏房裡，原本按規矩，妾是無法養育孩子的，但是顧承霖體弱，常年泡在藥罐子裡，顧夫人怕出什麼事，就允許李氏自己養。

裴殊翻了翻，從身上摸出個金錠子給顧承霖。

李氏看見裴殊十分惶恐，側著身不肯受他的禮。

裴殊道：「娘，這禮您應當受，若不是您，我哪能遇見阿筠這麼好的姑娘。」

顧筠也只是在私下無外人時才會喊她娘，裴殊竟然喚了她娘？

李氏用帕子拭了拭眼角。「好孩子，都是好孩子。」

顧筠原本想哭，可看兩人這樣，就忍不住笑了。出閣前姨娘總說裴殊靠不住，要自己多存錢，趕緊生下孩子。

他這才一句話，就成好孩子了？

裴殊道：「您就放心好了，我一定好好對阿筠，不讓她受一點委屈。」

他看得出來在顧家真正疼顧筠的人，只有顧老夫人和李姨娘，讓他真正當作長輩的只有她們二人。至於那些話，絕不是隨口胡謅哄人開心的。

顧筠只當他是隨口哄李氏開心，三人說了幾句話之後，顧筠藉口讓顧承霖帶他去府上轉一轉，把人支開，跟李氏說了會兒私房話。

李氏不是空有臉蛋的草包美人，她能生下兩個孩子自有她為人處世的道理。裴殊一走，她就止住眼淚了。

「妳和娘說實話，在裴家過得如何？」

顧筠道：「真的挺好的，那日敬茶，父親給了三千兩銀票，婆婆送了一對玉鐲，我現在管著中饋。娘，您就別擔心了。」

李氏道：「妳知道娘問的是裴殊，他對妳可好？」

顧筠愣了愣，大婚當晚裴殊一夜未歸應該傳遍了，她一夜未睡，李氏估計也擔憂了一夜。

想了想，顧筠道：「說不上好，也說不上不好，我說的話他會聽。這三日，夫君沒出門，敬茶那日他來得晚，父親罰他跪祠堂，我去求情了。

「娘，我知道我想要什麼，所以不會在裴殊身上交付真心。」顧筠握住李氏的手，她就不把裴殊有隱疾的事說出來了。「我現在好好管家，多存銀子。」

李氏點了點頭。「生下孩子才是要緊事，知道嗎？」

「女兒明白。」

裴殊跟著小舅子在外頭小花園轉著，顧承霖一邊指路一邊介紹，時不時還能引兩句詩。

若不是體弱，這孩子或許像他姊姊一樣。

也許正是因為體弱，才得以這麼聰慧機敏。

裴殊道：「你已經啟蒙了？」

顧承霖道：「阿姊教我讀書，母親說我體弱，不宜過早去學堂。」

母親指的是顧夫人，庶子也嬌貴，出了事，誰都擔待不起，所以都是顧筠教他讀書識字。

裴殊笑道：「你阿姊很厲害，會讀書，學問好。」

顧承霖贊同地點點頭。「阿姊什麼都會，什麼都好，姊夫也很好。」

裴殊笑著問：「我都哪兒好？」

顧承霖撓撓頭，他不過是說場面話，誰知道裴殊就當真了。

從李氏院子出來，顧筠去尋裴殊和顧承霖，人沒尋到，就在南邊的小花園撞見了顧槿和顧寧。

正是初夏，小花園一樹茶花，正含苞吐蕊，樹葉是嫩綠的，陽光透過樹葉間的縫隙灑在地上，樹影斑駁。

三人行了半禮，本就是自家姊妹，不在乎那麼多虛禮。

顧槿先開口。「還未向四姊道喜。」

顧筠笑道：「多謝。」

顧寧也趕緊祝賀顧筠新婚之喜，在她看來，裴殊玉樹臨風，是位好夫君。

但顧槿不這麼想，她覺得顧筠嫁的人糟糕透了。「四姊嫁了人就是不一樣，前幾天母親還問過我的婚事，一位是忠勇侯府的二公子，一位是戶部侍郎家的公子，依四姊看，哪個好一點呢？」

顧槿笑得和蜜一樣甜，她說的都是上進有功名在身的人，家世更是錦上添花，還多虧了顧筠的好名聲呢！

顧筠道：「婚姻大事有父母作主，不必問我的意思。」

顧槿伸手拂過粉紅色的花苞。「也是，若是四姊選，一定選忠勇侯府，不過我倒是覺得戶部侍郎家的公子好，學問好，人也上進一些。」

顧筠淡淡地看著顧槿。

她不就是想說，裴殊空有家世，實際就是個草包嗎？雖然說得沒錯，但裴殊是她的夫君，再草包也不是顧槿一個小姨子可以編排。

剛要開口，就看見垂門進來一大一小。

「六姑娘既然誠心實意地問，還不如來問我，妳四姊哪知道這兩人如何。忠勇侯府的二公子特別聽他娘的話，他娘讓他往東，他不敢往西。那個戶部侍郎的公子還未及冠，屋裡就有好幾房妾室。依我看，哪個都不行。」裴殊說完，拍了拍顧承霖的小腦袋。「去找你姊姊。」

顧承霖跑著撲到顧筠腿上，穿過人群，四目相對。

裴殊朝著顧筠笑了笑，然後慢慢地走過去。「回去找妳不在，丫鬟說妳來這邊了。」

顧槿面子掛不住，不情不願地喊了聲「四姊夫」，裴殊不甚在意地擺擺手。

反正他不著調，說什麼、做什麼隨自己心意來。

顧筠道：「你倆這是去哪兒了，都不見人影，一會兒該用飯了。」

「承霖帶我四處轉轉，忘了時間。」裴殊低聲道：「沒怪我多話吧？」

「才沒有。」顧筠扯了一下他衣袖。「走吧，去正廳，六妹、七妹一起過去吧！」

顧槿吃了個啞巴虧，被裴殊諷刺一頓比什麼都難受，他自己什麼都不行，還好意思說別人。

這回李氏也來了，回門一趟，她並未和女兒待太長時間，短短兩個多時辰，顧筠就要回去了。

顧老夫人叮囑一頓，顧筠眼眶又紅了。

裴殊發現，他這夫人還真是水做的。

離開平陽侯府，李氏悄悄讓人送來一個木箱子，裡頭裝著顧筠愛吃的點心。只有當娘的記掛這些。

祖母私下塞給她一些銀票，叮嚀她高門大戶規矩多，讓她萬事小心。

上了馬車，顧筠抱著箱籠忍不住掉眼淚，有些苦楚只有嫁了人才知道。

裴殊遞過來一張帕子。「可別哭了，以後還會常常見到的。」

談何容易？嫁出去的女兒，如同潑出去的水，哪有出嫁女常回家的。

顧筠把眼淚擦乾淨，她不該在裴殊面前哭，她是嫡妻，該大方得體、張弛有度。

不過，顧筠今日該謝謝裴殊。

她把帕子摺好，握在手心裡。「今日多謝你。」

裴殊故意把話岔開。「謝我什麼，妳六妹的事？妳別嫌我多話就成，不過那兩位的確不是什麼如意郎君。」

原身常混跡街上，什麼都有所耳聞，裴殊不算胡謅。

顧筠瞪大眼睛，點了下頭。

裴殊伸手揉了揉顧筠的腦袋，溫聲道：「妳別總跟我說謝字，很多事都是我應當做的，從前我是什麼都不懂，瞎玩瞎鬧，但是成親之後我想改了。」

裴殊感覺到顧筠對自己的生分。「妳受欺負，無論是顧家還是裴家，都告訴我，我替妳還回去。別忘了，我再不堪，也是個男人。」

顧筠不敢全信，一個人就算想改，怎麼可能一下子全改好，不過今天裴殊真的很好。

忽然，她皺了皺眉，問：「你是不是想要錢出去？」

顧筠管家之後，各院開銷都得問過她才行，尤其是裴殊，想要錢先得她點頭。他今日摸遍全身才摸出一塊金錠子，估計身上沒錢了吧？想必他知道，她高興了，才能要到錢。

裴殊沈默。「……」

士別三日當刮目相看，對一個人的認知，朝夕不改。

馬車搖搖晃晃，跟裴殊的心境一樣，他同顧筠說這麼多掏心窩的話，顧筠只當他是想要錢。

罷了，罷了！

裴殊大大方方承認。「手頭是有點緊，娘子先給我一些。」

顧筠大方地支了二十兩銀子給他。「府上每人每月有二十兩銀子的月錢，這剛月初，你省著點花。」

她嫁進來那天是四月初三，今天初六，還有二十多天呢。

裴殊把兩塊銀錠子接了過來。

回到國公府，剛過申時，顧筠歇了一會兒就去書房，雖然釐清了帳目，可是國公府虧空太大，莊子、鋪子的帳還要細看，找出生意不好的原因，才能找出應對之法。

裴殊坐在床下掂著兩塊銀子，招呼原身的貼身小廝虎子進來。

新婚那晚裴殊不在，虎子跟著國公府小廝出去找人，找了一夜都沒找到，英國公氣惱，罰了他二十個板子，今天才能下床，走路還一瘸一拐的。

裴殊關心了幾句，虎子嘿嘿一笑。「早就不疼了，世子這是要出門？」

虎子這些年為裴殊鞍前馬後，遇見啥事還能打個掩護，裴殊去哪兒，他心裡門兒清，不過那晚真是四處都找遍了，就是找不到人。

裴殊目光落在虎子的腿上，這樣哪能讓他跟著出門。

虎子拍著胸口打包票。「世子放心，這點小傷不打緊，我好著呢！」

於是裴殊還是帶虎子出門了。

出了門，虎子湊上來問：「世子憋壞了吧？今天去哪兒，酒館還是賭坊？」

裴殊敲了一下他的腦袋。「哪兒都不去，就在街上逛逛。」

虎子不知裴殊說的是真是假，畢竟他以前也說過這些話。

裴殊道：「今日不同往日，世子我成親了。」

另一廂，得知裴殊帶著小廝出去，顧筠神色未變。

春玉試探著道：「夫人，要不要把世子叫回來？」

能把人叫回來，能把他的心叫回來嗎？

顧筠道：「不用，世子回來了不必告訴我。我就在書房吃晚飯，煮清淡一些。」

春玉告了退，然後把這話吩咐下去。

顧筠認真看帳本，裴家涉及了許多生意，諸如布疋、首飾、酒水、瓷器、胭脂水粉，每月扣除成本和掌櫃夥計的工錢，就是盈利，可一間鋪子的利潤還沒顧筠自己的嫁妝鋪子多。

她的嫁妝鋪子做筆墨生意，專賣文房四寶、鎮紙、字帖、顏料等物。事事無論大小都是她親力親為，光紙就有幾十種，銀粟紙、撒金紙、桃花箋、杏花箋……

墨也分數種；字帖有她寫的，也有臨摹前人的；顏料更是讓人跑遍各地才湊齊，生意想不好都難。

想要賺錢，繼續做筆墨生意便好，可是顧筠不想把自己的鋪子和國公府的生意摻和在一起。

顧筠讓春玉去鋪子取幾塊樣布過來，這麼一忙，就到晚上了。

裴殊看著國公府的燈火，一入夜，萬家燈火明，天上滿天繁星，以前都看不見幾顆星星。

他左手拎著一隻熱呼呼的燒雞，右手一隻燒蹄膀，身後虎子抱著一匣子點心。

屋裡雖亮著燈，卻不見顧筠影子，裴殊問清韻。「夫人呢？」

清韻如實答道：「夫人在看帳本，在書房吃過晚飯了。」

裴殊有些詫異。「吃過了？那我去看看她。」

他就提著燒雞和蹄膀去了書房，還讓清韻把點心帶上。

顧筠晚上就吃了半碗清粥，幾口炒青菜，半個鹹鴨蛋，吃過飯用桃花香露泡的水漱了口，屋裡開窗通風，包准沒半點味道。

春玉把布坊的時興花樣帶過來，兩塊暗紋稜花布料，適合家中老人，剩下幾樣是給年輕小娘子準備的，鵝黃、嫩綠、櫻粉，都是些常見的鮮亮顏色。

因各家染料些許不同，顏色有細微差別，若不仔細看，其實看不出來。

布的織法有分斜紋、平紋，這些料子很結實，沒有異味，若真要找出生意不好的緣由，應是盛京布坊太多，賣的都是這種料子，價錢還差不多，這麼多布坊互相競爭，生意很難越眾而出。

顧筠嘆了口氣，想要生意好，要麼跟城南陳家一樣，料子極好賣得貴，別人爭相來搶；要麼和城東徐家一般，賣得便宜，賣越多賺越多。如今裴家布坊不上不下地在中間，生意想好都難。

可是染坊的夥計手藝擺在那兒，若是能染出花樣好看的料子，早就染成了，何苦勉強維繫到今日？降價也是條沒門兒的路，成本就那樣，再降真該賠錢了。

顧筠揉了揉眉心，以往裴殊只知道喝酒賭錢，從沒想過他花出去的大把銀子是怎麼賺來的。

正想著，書房門被推開，香味徐徐飄進來，顧筠抬頭，看見裴殊站在門口。

裴殊左手提著一個油紙包，右手提著一個油紙包。清韻在他身後捧著木匣子，一副欲言又止的模樣。

「剛回來，沒打擾妳吧？我下午在街上轉了轉，聞著燒雞和滷味實在香，就買了點回來。清韻說妳吃過了，不妨再吃點。」裴殊說完，轉頭對清韻道：「去小廚房盛兩碗粥過來，再剁點辣椒榨油，加點醋放在小碟子裡。」

裴殊說得極快，顧筠都來不及說話，她把布樣放下。「我剛吃過了，現在不想吃，你去正廳用膳吧。」

在書房吃些味道清淡的還行，可這燒雞的香味都快飄到正院去了，一會兒室內都得充斥燒雞味。

他一下午就去街上閒逛，不過還知道帶燒雞回來呢！聞著是香，但晚上吃多了會胖，顧筠不敢吃。

裴殊道：「那夫人陪我去正廳用吧。」

只喝點粥怎麼成，她本來就瘦，還老看這些帳本。

見顧筠不動，裴殊過去，拎著油紙包在她眼前晃了一圈。「妳聞聞，比府上廚子做得還好吃，一隻一兩銀子呢，涼了就不好吃了。」

總歸是他的一番心意，顧筠想，嚐一口就嚐一口。

去了正廳，裴殊把油紙包打開，露出裡面顏色鮮亮的燒雞和肉皮富彈性的蹄膀。

小廚房的人端來清粥和青菜，還有裴殊指名要的辣椒油，然後就退了出去。

這幾日兩人用飯都不用人伺候，只留人守在廳外。

顧筠在心裡算帳，一隻燒雞一兩，蹄膀也得一兩銀子，清韻說他還買了一匣子點心，看匣子是五香居的，一盒只有六塊，卻要三兩銀子，出去一下午花了五兩。

都不知道他剩下的日子怎麼過。

顧筠兀自憂心氣惱，就見裴殊給她挾了一塊肉，又撕了雞腿給她，然後極其自然地把浮著橙紅色辣椒油的蘸料推到她這邊，目光誠懇。「嚐嚐。」

顧筠嘆了口氣，道：「夫君快吃吧，趁著還熱。」

她挾了一塊肉給裴殊，眉間籠罩著淡淡的愁緒。

顧筠吃得心不在焉，一邊為布坊的事憂心，一邊為裴殊花錢大手大腳發愁。她肯定不會像徐氏一樣，裴殊伸手要她就給，可又怕裴殊在外頭賒帳，畢竟他償還不上的，只能國公府去還。

蹄膀肉一入口，顧筠瞪大眼睛，沒想到看著肥卻絲毫不膩，又因為蘸了辣椒油和香醋，下飯又勾人。燒雞味道也不錯，本來雞腿的肉厚，很難做到入味，但是這隻燒雞入味且絲毫不柴。

顧筠很克制，她用過半碗粥，又捨不得吃完，故而吃得極慢。

裴殊時不時挾兩口肉給她，瘦的給她，肥的他吃。

他去街上可不是為了玩，不過這話顧筠應該不信。

在國公府不愁吃穿，就算他什麼都不幹，也能保證下輩子衣食無憂。

他不賭錢、不喝酒，英國公就能燒香拜佛了。

明明能做個無憂無慮的世子，每日逛逛街，平安順遂到老，但裴殊不願意。

在他的記憶裡，徐氏可不是什麼省油的燈，原身就是徐氏養廢的，偏英國公一點都不懷疑。

他得保住世子之位。

下午逛了兩條街，街上什麼都有賣，男男女女熱鬧非凡，還有賭坊酒館，酒香飄十里。

裴殊只買了隻燒雞、滷蹄膀，一旁的虎子反而不知所措——今兒世子還真不去賭坊了，不是說著玩玩。

裴殊再挾肉給她，顧筠就不吃了。

看著裴殊吃了半隻雞、兩碗粥，她勸了一句。「夫君，夜裡積食，不宜吃過多。」

裴殊道：「我不怕。」

他出門沒坐馬車，走了兩條街，腿都快斷了，肚子都餓扁了。再說，中午在平陽侯府吃得一般，晚上小廚房準備的又是清粥小菜。

裴殊說：「妳也多吃點，這才什麼時辰，別到晚上又餓了。」

顧筠就算餓了也不會說，她靜靜等著裴殊吃完，然後漱了口去書房，誰知裴殊也跟了過來。

裴殊找了個地方坐。「妳忙妳的，不用管我。」

顧筠就隨他去了，可翻了不到兩頁帳本，裴殊就問：「咱們院子小廚房做飯哪來的錢？」

顧筠無奈道：「各院小廚房每月有十兩的定例。」十兩銀子並不少，一斤米十五文錢，哪怕是香米、粳米價錢不過多幾倍而已，且每日有莊子送肉菜，故而這十兩銀子是買一些主子想吃但莊子上沒有的東西。

十兩銀子夠普通人家生活好幾年了，畢竟是簪纓世家，什麼都揀好的用。

裴殊點了點頭。「那以後吃什麼我定，行吧？」

顧筠道：「聽夫君的。」

裴殊把小廚房的廚子叫了過來。

大晚上，顧筠在那邊翻帳本，然後聽著裴殊在一旁報菜名。

一日三餐不重複，清淡的炒菜全去了，早上粥品就有七、八種，如皮蛋瘦肉粥、牛肉牛雜粥，每天早上都是一甜一鹹兩樣。

小點心就有腸粉、豆沙包、油炸糕數樣，至於廚子問起腸粉怎麼做，裴殊也一一告知。

中午飯菜更為豐盛，魚有十幾種做法，酸菜魚、水煮魚、烤魚、紙包魚等等；雞肉、羊肉、豬肉，各有各的吃法，什麼煎牛肉、鐵板、串燒，讓只習慣少吃少鹽的顧筠聽得時不時吞兩下口水。

這書房她是待不下去了。

倒是兩個廚子目光灼灼。「世子，小人們今晚就回去好好琢磨，定不負世子和夫人所託。」

「每日燉一鍋湯，雞湯、鴿子湯之類的，下午、晚上給夫人送到書房來。莊子送食材來，就從菜單裡挑來做，沒把握的先練一練，別什麼都往上端。」裴殊揮了揮手，讓他們下去，然後對著顧筠道：「這樣吃還在十兩銀子的定例裡。」

只要不超過定例都隨他，顧筠道：「夫君若無事便先回屋歇息，我還要再看一會兒。」

「在看什麼？」裴殊看顧筠實在辛苦，她才多大，這麼晚還點著燭燈看書。

顧筠抿了下唇，答道：「布坊的帳本。」

問這麼多做什麼，說了他也不懂。只知道花錢的人哪兒懂賺錢的艱辛，他連字都認不全，更別提管帳了。

顧筠低著頭，布坊生意不好，其實她就算什麼都不做也沒人說什麼，但是她想做好一點。

裴殊拿了兩塊樣布過來，不及顧筠身上的好看，染布技藝複雜，裴殊不懂，但是，他懂化學。

在現代，他雖然專攻農學水利，但是看過不少別的書，不玩遊戲的時候，就看書解悶。對別人來說，學好一科很難，但對他來說，一通百通。

「生意不好嗎？我看這個顏色不及妳身上的好看。」

顧筠低頭看了眼裙子，是藕荷色的，還有扎染的綠紋，好像早春的桃枝，因為扎染技藝，每疋顏色都不一樣。

顧筠道：「這是陳家雲衣坊的料子，一疋就要五十兩。他們布坊請了蜀地最好的繡娘，料子要搶的。」

裴家生意不好，只能說不精此道。

顧筠雖然擅女工，可總不能讓她一個世子夫人跟著布坊繡娘一塊兒擺繡架刺繡。

裴殊問：「咱們家布坊為什麼不賣這種顏色的料子？」

顧筠無奈地看了他一眼，道：「你以為是不想嗎？自家的染料方子誰會外傳。」

她從前沒接觸過這些，只能現看現學，陳家的染料方子裡有植物漿汁還有石料，幾十種混在一起，才能出這麼鮮豔的顏色，經年不褪。

藕荷，春綠，那都是老師傅日夜不休的心血。

若想染出花樣，則需鏤板，刻上想要的圖案，再把布固定上，不同色則以豆麵藥粉覆之，等乾了再進染缸。數次之後，才能染出想要的花樣。

誰都知道染布的技法，可要想料子好，賣得貴，一看花樣，二看顏色。

裴殊道：「反正我閒著也是閒著，不如給我試試。」

顧筠狐疑地看著他，裴殊咳了一聲。「我都成親了，該擔點事，總不能讓妳一個人操勞。」

「有你這句話就夠了。」顧筠繼續看帳本。

心意到了就行，就別給她添亂了。

她想，要不跟老師傅學如何刻板子，她畫技出眾，試畫花樣，到時候料子應該好賣一些。

畢竟她製作的花箋就好賣。

裴殊磨了磨牙。「妳怎麼就不信，我若是能染出這種顏色呢？」

顧筠道：「夫君可知染布分幾步驟，要染幾次，洗幾次，曬幾次？什麼都不知道就敢誇下海口。」

「我是不知道，可妳不是也不知道。」裴殊把兩塊樣布放了回去。「咱們不妨打個賭，我若是能染出妳身上的顏色，就算妳輸。這賭注麼……」

顧筠瞥了他一眼。「誰答應和你賭了。」

好不容易消停幾天，瞧這賭癮又犯了，不去賭坊，倒想著跟她打賭。

裴殊道：「妳是不敢吧？」

顧筠軟硬不吃。「夫君就當我不敢吧。」

她事情還多，沒那閒工夫跟裴殊玩這個，他能懂什麼，不過是一時興起無事可做，看著她查看布坊的帳本，非要來湊熱鬧插一腳。

燈下美人微微低著頭，滿心滿眼只有帳本，幾縷頭髮掉下來了都渾然不覺。

裴殊搖了搖頭。「就當妳不敢，真是膽小，我要是輸了，我這輩子都不去賭坊了。」說完，裴殊拿眼角餘光看顧筠的神色，果然，顧筠頓了頓。

顧筠不知裴殊的話能信幾分，若是他言而有信，跟他打這個賭也無妨。

顧筠不喜歡裴殊去賭坊，雖然國公府基業大，還禁得住幾次賭，可尋常人一旦沾上賭就毀了。

只要裴殊不再去賭坊，怎樣都行。

裴殊贏了，就能染出藕荷色的布料，不管是贏是輸，對她都沒壞處。

顧筠把帳本放下。「那你若贏了呢？」

裴殊還不信自己玩不過一個十六歲的小姑娘，他道：「嗯，讓我想想……」

顧筠有些緊張，怕裴殊說什麼根本不可能做到的事，她看著裴殊的眼睛，心都提起來了。

裴殊賣足關子，道：「贏了的話，妳給我縫個香囊吧。」

「就一個香囊？夫君，就算不打賭，我也是能給你做香囊的。」顧筠想讓裴殊換一個。

裴殊不想欺負顧筠，做香囊難道不用動針線、不用費心神嗎？沒什麼是應該的，只是顧筠這副認真的樣子，讓他忍不住想逗一逗她。

「不是普通的香囊，我不喜歡梅蘭竹菊，給我繡個老虎。」裴殊拍了拍手。「早點繡，別布料染好了，香囊還沒影兒呢！」

顧筠小聲道：「若是香囊繡好了，布料卻沒染好，豈不是白繡了？」

裴殊磨了磨牙。「妳不是說就算不打賭，也能給我做香囊嗎？」

「你不是也說，不是普通香囊了嗎？」顧筠說完就低下頭，她其實不該這樣和裴殊說話的，裴殊是她的夫君，她說話時該注意分寸。

不過，裴殊似乎什麼都沒聽出來，他很好說話。「那就等布料染出來再說，可別說話不算數，到時候不認。」

顧筠道：「我才不會，倒是夫君你，一言既出，駟馬難追。」

「放心，答應妳的事肯定能做到。」裴殊朝著顧筠笑了笑。「太晚了，別看了。」

顧筠說：「很快就看完了，除了布坊，還有瓷器鋪子、酒坊……不能耽擱。夫君若是睏了就先回去睡。」

裴殊把點心拿過來。「我陪著妳。」

五香居的點心很好吃，顧筠一時沒忍住就吃了四塊，剩下兩塊進了裴殊的肚子裡。

她是頭一次晚上吃這麼多，她一向克制，也不重口腹之慾，可自從進門之後，跟著裴殊吃了好多，以後可不能這樣了。

白日太累，顧筠很快入睡，裴殊在心裡盤算著染布的事，他先去布坊看染料，然後再琢磨配比。

他還需要一種藥草，石蕊。

第四章

顧筠並沒有把這個賭約放在心上，也不敢全然把這件事交給裴殊來做，而是跟著染布的師傅學刻板染布。

雖然這些事非一日之力可以為之，不過，顧筠畫的花樣倒是給染布師傅幫了不少忙。

轉眼到了四月中旬，顧筠進門已經十多天了。

顧筠吩咐清韻遞帖子給侯府，詢問顧槿和顧寧還去不去布施。

從前每月月中，她都要去城郊寺廟布施，她能做的也不多，只不過吩咐下人煮幾桶粥，蒸幾屜饅頭，然後由馬車拉到城郊去。

再去仁和堂請趙大夫的小徒弟坐診，也就半天，給那些生病卻無錢求醫問藥的人診病，送一些普通的甘草、金銀花，若是再貴的藥，顧筠也沒辦法。

侯府很快送來回帖，上頭說兩姊妹都去，不過四姊已經出嫁，一言一行代表國公府，她們侯府的姑娘不好摻和，布施還是分開好，反正窮苦人家多，多煮一些粥也無妨云云。

顧筠把帖子收好。「清韻，妳盯著小廚房熬粥，米多放，記得要黏稠一些，饅頭要蒸得大小勻稱，買米麵的錢從我這裡出。」

澄心院小廚房是國公府的人，估計沒做過大鍋飯。布施也有講究，一人一碗粥一個饅頭，誰也不能多，誰也不能少，有些人就是不患寡而患不均。

一開始的時候，有人拿了一次飯又拿第二次，吃完還搶別人的，後來顧筠定下規矩，他們若敢再鬧，她以後都不會來，若是好好排隊，下次會帶個大夫，給他們診病。

這下誰都不敢鬧了，沒飯吃頂多餓著，但是看不起病，會被活活疼死，哪怕不是仁和堂的趙大夫坐診，他那小徒弟也好啊！

外面人都說顧筠菩薩心腸，顧筠是看他們太可憐，不過她也確實收穫良多，裡面有六分有意為之吧，她本就不是天性良善之人，什麼都不圖還去布施做什麼。

日後嫁給裴殊，她也是有所圖。

清韻一一應下。「馬車已經安排好了，明日春玉姑姑也跟著，還有幾個小丫鬟，奴婢問過門口的小廝，張護衛一同去。」

這些事做過很多次，顧筠沒什麼不放心的。「嗯，一會兒跟我去趟仁和堂。」

這幾日忙於管帳，而今布坊終於有點起色，她總算能抽空去找趙大夫。

裴殊的事一直是她的一個心病，他是男子，好面子，顧筠不好直接跟趙大夫說他有隱疾，所以想借幾本醫書看看。

顧筠收好帳本，問：「世子呢？」

清韻不敢看顧筠的眼睛。「世子這陣子都是早起出門……傍晚才回來，只有虎子跟著，奴婢也不知道世子去哪兒了。」

顧筠心微沈，這才幾天，他又變回原來的樣子了。

她坐了一會兒，揉了揉痠疼的手腕，心裡有些涼，還有點說不出的滋味。

這幾日裴殊回來得晚，他們夫妻二人就一起用頓晚飯，說的話也不多。

她還記得那晚點心的滋味……

大抵世間夫妻皆是如此，早晚同用飯，天寒讓添衣，別的就不能奢求了，那日點心的味道就當作一場夢吧！

顧筠很快就想通了，下午便去仁和堂借了兩本醫書。

她當初學醫理是為了幼弟，顧承霖年幼體弱，她做藥膳能給幼弟補一補。後來又給祖母按腿，還救了許多人，無論做什麼，只有回報到自己身上才是真的，別的什麼都靠不住。

借完醫書，顧筠帶著丫鬟們回去，大約兩刻鐘的車程，馬車緩緩停在國公府門口，顧筠一下車，就看見裴殊的貼身小廝虎子。

虎子微微弓著身，諂媚地朝顧筠笑了笑。

顧筠一臉寒意，這是裴殊身邊的人，她不好過多說什麼，但是，裴殊帶著虎子四處閒逛，去賭坊酒館，她雖不該遷怒，但對虎子實在沒什麼好臉色。

虎子臉上笑嘻嘻。「夫人，您可算回來了！」

顧筠提著裙襬上臺階。「嗯。」

虎子緊緊跟上。「世子早早就回來了，這會兒人在書房，說是要給夫人一個驚喜。嘿，夫人，您移步過去瞅瞅？」

他慣會察言觀色，看得出顧筠冷臉，所以語氣極盡討好。

顧筠腳步微滯，不過很快就恢復如常，她道：「我這兒還有事，不需要他準備什麼驚喜。」

驚喜？莫不是賭錢賭贏了，就覺得是驚喜吧。

虎子道：「世子這幾天勞心勞累，在外面吃也吃不好，每日還要在路上顛簸一、兩個時辰，人瘦了一大圈，才染成夫人想要的顏色，夫人好歹看一眼。」

顧筠停住腳步，問道：「你……說他去染布了？」

沒去酒館，沒去賭錢，而是去了布坊？

虎子點點頭，他人有點胖，眼睛大，一臉喜相。「嘿嘿，世子每日都去，不敢懈怠，就是為了贏個彩頭，還不讓小人跟夫人說。」

每天把香囊掛在嘴邊，不知道的人還以為是多稀奇的寶貝。

顧筠手有點抖，她抿了下唇，差點忘記當家主母的氣度。「我去看看。」

四月十四，裴殊滿打滿算弄了七天，這幾天泡在小染坊裡，聞著染料的味道，辛苦是辛苦，卻算不上難熬，畢竟以前有比這更辛苦的時候。剛接觸一門新事物，總在摸索中前進。老師傅配染料靠手感，裴殊不一樣，他想辦法弄清其中的原理，為何會有這種顏色，所以後面增什麼、減什麼都有跡可循，不是胡亂為之。

酸性染料遇石蕊溶液變紅，鹼性變藍，有了這些，弄不同顏色的染料就輕而易舉。

可是解決一個問題之後還有第二個，染料的顏色和上布的顏色不同，就算上布顏色對了，經過數次漂洗之後，顏色也有變化。即使晾曬之後成了，再洗，還有褪色的、變色的。

總而言之，一疋顏色好看的布，要經過九九八十一難才成。

裴殊這幾日惡補了染布的知識，頭都要大了，難怪那日顧筠問他，知道染布分幾步驟嗎？

他染了三種顏色，石蕊紅，還有一種淺紫，和顏料中的雪青類似，最後一種便是答應顧筠的藕荷色。

染布顏色很鮮亮，漂洗不褪色，沒有任何異味，穿在身上不會起紅斑、紅疹，更不會癢。只要是能想到的，裴殊都儘量考慮周全了。

布疋再經過扎染和灰纈，還可以染出不同圖案，不過，最重要的還是顏色。

裴殊這幾日在街上，還沒見過有人穿石蕊紅和雪青色。

顧筠應該是第一個穿的人。

她那麼好看，穿上肯定更好看。

裴殊在顧筠常坐的椅子上，他一會兒翻帳本，一會兒拿書翻兩頁，上面的字他大約都認得，不過看起來還是費勁。幸好原身不讀書，他不會露餡。

裴殊頻頻往外看，一想到顧筠看見布又驚又喜的樣子，累幾天他都覺得值。

等了大約一個時辰，綠勺說顧筠去醫館借書了，一時半會兒回不來，他就乾等。

終於，外頭傳來動靜，聽著小丫鬟在外頭齊齊喊夫人，裴殊理了理衣服。

顧筠一進書房，就瞧見裴殊一臉笑意地看著她。他皮相好，若不是胡作非為，估計會有不少姑娘願意嫁給他。

大概是顧筠盯著的時間太長，裴殊也低頭瞅了瞅自己。

哦，他坐著，她站著，這怎麼行！

於是裴殊站了起來。

「可算回來了，我等了一個多時辰。」裴殊揮手讓丫鬟們下去，還把門給關上。「君子一言既出，駟馬難追，想好給我繡什麼顏色的香囊了嗎？」

顧筠的臉有點熱，心想，他說話湊這麼近做什麼？

「我還未驗過布，你怎就知你贏了。」

「我自己染的，我能不知道？我就是知道。」他繞著顧筠走了兩圈。「瞧好了吧。」布裝在匣子裡，本來虎子想直接抱回來，但裴殊覺得不妥，直接拿回來還有什麼驚喜可言。

他打開匣子，三種顏色的布各一丈，夠給顧筠做三身衣裳。

顧筠最先看見細膩的藕荷色，和她那日下裙的顏色一樣，像夏日的荷花，是最嫩的一抹紅。

這真是……裴殊染出來的？

顧筠倒不怕裴殊拿別家的布騙她，這種事一問便知。

他究竟是怎麼做到的？竟是這樣好看的顏色！

纖長的手指撫過細膩的棉布，襯得手指比蓮子都白，顧筠道：「夫君，這陣子你早出晚歸，都是在忙這個……」

裴殊點了點頭。「沒錯，頭一回跟妳打賭，總得拿出點樣子來，不然以後妳不跟我賭了怎麼辦。」

原來如此，她還以為裴殊又去賭坊了呢。

裴殊朝顧筠揚了揚頭。「下面還有。」

石蕊紅比藕荷色更粉嫩，雪青顏色淺淡自帶一股仙氣，顧筠驚得都說不出話來了。

這些也是裴殊染出來的顏色？

他贏了。

顧筠道：「願賭服輸。」

裴殊點了一下顧筠的額頭。「說話倒還算話。」

顧筠不太受得了這麼親暱的舉動，她道：「可是夫君，那些老師傅都染不出這麼好看的顏色，你是怎麼做到的？」

這下把裴殊問住了。

他一愣，然後避重就輕地道：「妳當我這幾日在布坊裡幹麼，還不是從頭學起，配染料、染布、晾布，妳看，我手都磨出水疱了。」

裴殊右手有兩個水疱，原身養尊處優，什麼重活都沒幹過，拎個桶都能磨出水疱。

顧筠眼中閃過一陣心疼，他是真想改過自新。「夫君等一會兒，我去拿藥。」

「這點小傷，沒事。」裴殊不覺得多疼，若不是為了打消顧筠的疑慮，他不打算說出來。

顧筠很快就把藥拿來，在他的傷口抹上淡青色藥膏，再用紗布包上。

她雖心疼，可還是不解老師傅都染不出的顏色，為何裴殊能染出來？

明知道疑心自己的夫君不對，可他從前不讀書，不管家裡的生意，也沒進過布坊……那些老師傅幹這行幾十年，裴殊才去幾天。

裴殊能染布，就像是剛出生的孩童會走一樣讓人震驚。可看著裴殊手上的傷，顧筠又說不出什麼，興許裴殊本來就聰明，只是不認真不學好。但這變化來得太匪夷所思了，難道成親真的能讓人收心？

顧筠道：「那染料的方子可告知老師傅了？」

裴殊點了頭。雖然布坊工人跟裴家簽的是死契，不過他進染坊還真費了一番周折，不是人人都像顧筠一樣信他。

顧筠皺著眉。「那老師傅怎麼說，是說夫君天資聰穎？」

裴殊笑了笑。「那是自然，他們說有了這些布疋，咱家布坊就能起死回生，而且染出一種顏色就能染第二種，以後妳能穿各種顏色的料子了。」

這話聽著是舒服，可是……

顧筠嘆了口氣。「夫君這幾日手上儘量別沾水，身體最重要，染布不急於一時，你還沒和父親母親說吧？」

「沒。」

「那先別說。」顧筠有自己的打算，布還沒賣，再說她也不敢事事告訴徐氏。「給裴湘她們送去一些，就說是買的料子。」

裴殊就想著先告訴顧筠，別的沒顧上。「妳的東西，妳想給誰就給誰。」

他沒顧筠想得周全，他一門心思想著把布料染出來拿回家給顧筠看，至於國公府的其他人，在記憶裡都不太熟。

大姊早已經出嫁，就他娶親當日回來一趟，也沒說上兩句話；裴靖一門心思讀書，瞧不上他；平日裡他和裴遠、裴珍說的話也不多；至於裴湘，原身從前很喜歡這個親妹妹，大約是名聲壞了之後，裴湘見他就躲遠了。

裴殊和親人們感情不深，根本沒想到他們，不過一大家子總歸住在一塊兒。

幸好有顧筠，雖然年紀不大，但思慮周全。

顧筠低頭看著料子，這是裴殊的心血，雖然以前從未做過，但只要好好學，他就能做好。一個人總不能要求他什麼都會，這次是太巧了，裴殊擅此道，若是什麼都會，那才奇怪。

何其難得，何其可貴。

顧筠看這些料子移不開眼，明日她要去布施，得連夜趕出一身新衣來。

就做一身雪青的，領子、袖口、裙襬繡丁香花，四月丁香該開了。

顧筠道：「多謝夫君，香囊很快會繡好的。」

裴殊咳了一聲，他倒不在乎香囊，這次只是個引子，相信以後再做什麼東西，顧筠也不會太驚訝，只要顧筠不說什麼，其他人應該也不會說什麼。

顧筠讓清韻把布料拿下去，吩咐好哪裡繡花，用哪種絲線。

裴殊坐在一旁喝茶，他無事一身輕，可以休息兩天再去布坊，晚上吃點好料。這幾天在外頭就隨便吃幾口，連午覺都不睡，如今擔子終於卸下來，很是輕快。

裴殊在心裡盤算著晚上吃什麼，顧筠一向吃清粥小菜，他不行，他恨不得天天吃肉，最好多加辣椒。

這裡做的菜雖然耗時費工，但是口味太過清淡了。就算白菜用老母雞湯煮過，那依然是白菜，變不成肘子。

裴殊讓廚子做了冰糖肘子、糖醋排骨、辣子雞丁、四喜丸子，還有西湖牛肉羹，沒一道菜不帶肉。

主食就是蒸米飯。

等顧筠吩咐完，廚子也下去了。

廚子老張一邊走一邊搖頭，他以前沒察覺出來，這些日子才發現世子爺會吃，不只要求糖醋、紅燒，那辣子雞要選最嫩的雞肉，還得先炸一遍才行，再用紅彤彤的辣椒炒，他以前沒做過，也不知道做得好不好吃。

世子還說了，做得不好，就別端上來了。

裴殊托著下巴看顧筠，也不知道他的香囊什麼時候繡好。

顧筠暫時把香囊拋在腦後，太陽都快落山了，今天肯定是做不成，明日要去布施，還得去布坊看一看，只得後日才能繡香囊。

她雖沒見過老虎，不過看過李氏做虎頭鞋，照模樣給裴殊繡一個就成。

虎頭鞋是小孩穿的，一想到小孩就難免想到裴殊的隱疾。好好的人，能染布了，偏偏不行。

顧筠盯著眼前的兩本醫書，不時朝裴殊那兒看一眼，醫書上說，有些人天生體弱，可以食補，像韭菜、羊肉什麼的都行。

雖然看不出裴殊弱不弱，但是補一補總歸沒壞處。

從明兒起就吃韭菜和羊肉，裴殊弄了好多羊肉的吃法，一連吃個十幾天，等這個法子不行，再想別的。

裴殊絲毫不知顧筠的打算，若是知道了肯定想方設法阻止，再說他又不是真的不行。

晚上吃四菜一湯，裴殊吃得滿嘴流油，一點都看不出是個世子，倒像是幾百年沒見過好東西的泥腿子。

裴殊雖然不好學，但是會染布，還沒架子。

顧筠見過李氏怎麼和平陽侯相處，一個月他來那麼兩次，李氏做小伏低，說什麼話、做什麼事、穿什麼衣服，都要按照她父親的喜好來。吃飯的時候就立在一邊，溫聲細語地布菜，一頓飯根本吃不了幾口，何時像裴殊這樣，給她挾菜？

就連正院的母親，面對父親也矮了一頭。

世人只告訴女子要謙順，要相夫教子、顧全大局，卻從未說過男子該為女子做什麼，好像男子對女子好一點就是女子天大的福氣。

男人只要光耀門楣，只要讀書、上職、賺錢養家就行，那顧筠自己也可以。

「想什麼呢？這麼出神，再不吃就該涼了。」裴殊見顧筠發呆，給她挾了一小塊肘子皮，晶瑩剔透，連著肥肉，上面還蘸著醬汁。「拌著飯吃，特香。」

顧筠盯著碗裡的肘子皮，莞爾一笑。「多謝夫君。」

裴殊嘆了口氣，把筷子放下。「都說了好多次，別說謝，挾個菜也要道謝？咱倆又不是別人。」

顧筠點了點頭，看向裴殊的目光有點不一樣。在她的記憶裡，父親從未對姨娘說過這些話。

金無足赤，人無完人，裴殊能染布已經出乎她的意料，總不能要求他樣樣好，世上哪有那樣的人。

興許裴殊還會變回原來的樣子，那也是以後的事。

吃過飯，兩人在小花園散步消食，走了兩刻鐘，顧筠得回房打理帳本。

想了又想，顧筠讓綠勺把石蕊、藕荷色布料分別送去兩個妹妹的院子。「就說是新買的料子，看她們年紀小，穿著嬌俏，別說是世子染的。」

顧筠怕出變故，裴珍也就算了，裴湘是裴殊的親妹妹，平日偶然遇見，就冷冷地點個頭。

不是顧筠多管閒事，這麼一大家子，以後弟妹嫁娶都得她操勞，抬頭不見低頭見，那是裴殊的親妹妹。

於是，她挑了最好看的石蕊色送給裴湘。

裴湘收到布料著實驚了一下。

這個紅很淡，俏卻不豔，還沒見過街上有人穿，若裁成衣裳肯定讓小姑娘們羨慕。

綠勺道：「這是布坊新出的顏色，少夫人說這石蕊色太淺，適合小姑娘穿，讓奴婢先拿給五姑娘。」

裴湘沒忍住笑了一下。「綠勺姑娘，替我謝過嫂嫂。」

她低頭看著料子，心生歡喜。

這麼大的姑娘，哪個不喜歡漂亮衣裳？她是國公府小姐，吃穿用度都是好的，可在盛京，卻是最被瞧不起的那個。

綠勺保證把裴湘的話帶到。「五姑娘若無別的事，奴婢就退下了。」

裴湘讓丫鬟送綠勺出去，等丫鬟回來，她輕聲道：「嫂嫂是個好人。」

就是眼光不太好，選了她那個不成器的哥哥當夫君。

因為裴殊，她沒少被人打趣，最開始她面紅耳赤地替兄長辯解，到後來就一笑置之。她記得小時候很親近兄長，後來見了裴殊，恨不得繞路走。

母親的嫁妝被裴殊揮霍光了，日後她成親得靠嫂子和繼母。

他去賭坊酒館，裴湘自己讀書，兄長指望不上，還不如指望自己。

裴湘道：「從前不知道嫂嫂是什麼性子，不好過去打擾，這回她送了我料子，我也得回禮。妳去前院盯著點，兄長什麼時候走了，回來告訴我，我去澄心院跟嫂子坐會兒。」

二嫂陳氏不好親近，還是親嫂子好。

另一廂的裴珍收到布料也很歡喜，她和裴湘雖同是國公府小姐，可她總是差一層，有了新衣服自然高興，回頭跟徐氏說顧筠送了料子給她，徐氏也沒在意。

這種收買人心的小手段，也就是剛管家，以後也沒什麼機會了。

看顧筠沒日沒夜地看帳本，徐氏甚至覺得她有些可憐，若是嫁給一個靠譜的夫君，就不是這番境地了，只可惜嫁給裴殊，以後連一天好日子都沒有。

顧筠還不知道裴殊被親妹妹嫌棄至此，她看帳本一個時辰，睏得直打哈欠。回房的時候，裴殊已經熟睡，手搭在被子上，還纏著紗布，眼下一片青色，看著比從前瘦了。

這幾天他在外面應該很辛苦，含著金湯匙長大的公子哪兒幹過重活？

顧筠就這樣看了他一會兒，才吹滅燭燈上床休息。

四月夜裡涼，她給裴殊掖了掖被子，在睡前許一個願：希望裴殊不去賭坊，再也別去了。

次日。

顧筠醒了，裴殊還沒醒，儼然是累極了。

她輕手輕腳地下床，換上新衣裳，衣服是連夜趕出來的，活計很細，領口是珠白色的，上面繡著丁香花，下裙壓了數道褶，走起路來層層疊疊，相當好看。

小廚房內，廚子一大早就起來熬粥、蒸饅頭，將煮好的粥裝進木桶裡，接著煮下一鍋。等粥和饅頭都做好了，這才準備馬車去城郊。

顧筠告訴小丫鬟，等裴殊醒了若是問起，就說她去城外布施，中午能趕回來。

小丫鬟點頭如搗蒜。「夫人您可要快點回來呀。」

錯。

顧筠笑了笑，帶著清韻、綠勺出門，春玉跟在後頭，她是頭一回跟顧筠辦事，可不能出

出了澄心院，還得走一刻鐘，到了門口，顧筠聽府外嘈雜一片，緊接著就看見虎子慌慌張張地跑進來，見到她臉色瞬間變白，活像見了鬼。

「世……世子夫人……」

顧筠道：「跑什麼，慌慌張張的。」

虎子張開嘴，囁囁嚅嚅說不出話，腿抖得像篩糠。

看他這樣子，難不成裴殊出了事？

顧筠皺著眉往前走了兩步，越往前聲音越清晰。

「還錢，快還錢！堂堂國公府世子，欠債不還！」

「白紙黑字，欠債還錢，天經地義。」

虎子擠出一個笑，比哭還難看。「夫人……小的也不知道啊！」

顧筠下意識攥緊袖子，周圍一切都失聲了，腦子裡只剩下「欠債還錢」幾個字。

裴殊欠了賭債！

她目眩頭暈，一個踉蹌沒站穩，身後清韻趕緊扶住她。「夫人……」

顧筠擺了擺手。「我沒事。」

虎子大氣不敢喘。「夫人，小的這就去請世子過來……」

顧筠猛地看向虎子，眼裡像淬了層冰。「請？你最好現在哪兒都不要去。春玉，妳把裴殊叫過來。」

春玉看了虎子一眼，一副欲言又止的樣子，見虎子低頭咬著嘴唇，春玉只能福身退下去。

顧筠繼續吩咐道：「正院那邊先瞞著。清韻，妳帶著人去城外布施，有事回來報信。綠勺，妳把門口鬧事的人請進來。」

顧筠也不知道心裡到底是怒氣多一點還是失望多一點，她身上穿的衣服還是裴殊染的新料子，她以為……

以後日子會好的。

顧筠手冷心冷，看著天邊的紅日都感覺不到一點暖意，她轉身回正廳。

綠勺低著頭小跑過去請府外的人進來。

門口鬧事的兩個壯漢進來之後倒沒束手束腳，他們喊了顧筠一聲「世子夫人」，還行了一個不怎麼規矩的禮，說話言語根本不像剛剛那樣大吵大鬧。

他們遞了一沓紙給顧筠。「夫人是明理人，想必不會不認帳，這些欠條都是裴公子親自寫的，他自己按的手印。夫人若不信，可以比對看一看。」

一共六張欠條，一張二千兩，四張一千兩，還有一張五百兩，總共六千五百兩。

確實是裴殊的字跡。

六千五百兩，算上利息，七千多兩銀子！

帳本上那麼多的缺漏，徐氏都補上了，沒道理這回裴殊欠的錢還讓她來補，這是欠債，不是別的，若是英國公知道……

顧筠沒這麼多錢，她的嫁妝銀子加上英國公給的才五千多兩。雖然布坊染出新色了，可那是公中的東西。

「夫人，欠債還錢，天經地義，只要把錢還上，這欠條我立刻撕了，不會有人知道裴公子欠了這麼多的錢。」

顧筠往門口看了一眼，裴殊還沒來，她問道：「可還欠了別的帳？」

「別人的我們兄弟倆便不知了，反正我們這兒就是這麼多。這麼多錢，對國公府來說就是九牛一毛，對我們可不一樣，我們就指著這些錢過日子呢……夫人早早結了帳，大家都省心。」

話雖這麼說，可兄弟倆也明白六千五百兩銀子不是小數目，誰家的錢都不是大風颳來的，碰上這麼個敗家子，只能說家門不幸。

正想著，門口傳來一陣動靜，兩人回頭一看，那個氣喘吁吁跑過來的人正是裴殊。

「哎喲，裴公子，真是好久不見……」

裴殊腳步一頓，抬眼看顧筠，見顧筠神色如常，就是神色如常才不對！

他不太自然地朝兩人拱拱手，然後耷拉著頭往顧筠那邊走。

他彎著腰，聲音壓得極低。「夫人，錢的確是我欠下的。」

春玉說賭坊放貸的找上門，裴殊還著實愣了一下，後來翻了翻記憶，那的確是原身欠下的錢。

他大手大腳慣了，幾千兩沒當回事兒。

總共欠了六千五百兩，一個月一成利，今日正好是一月之期，應還七千一百五十兩。

裴殊咳了一聲。「但我保證，除了這個，沒欠別的錢了。」

顧筠捏緊帕子。「父親母親那裡，我讓人瞞住了，可這錢怎麼辦？如今雖是我管家，可公中錢萬萬動不得。」

她憋了口氣，憋得眼眶通紅，淚珠在眼眶裡要落不落的。「夫君，這錢怎麼還，難不成要用我的嫁妝銀子嗎？」

裴殊默然。「……」

雖然這樣不好，但顯然這是目前唯一行得通的法子。

雖然是原身欠錢，但裴殊也沒法說這欠條跟他沒關係，這不是耍賴嗎？

裴殊道：「我重新寫張欠條，就當我向妳借的錢，以後省吃儉用，再也不去賭坊，直到錢還清為止。」

顧筠擦了擦眼淚，生氣難過沒用，事情都發生了，她哭也好，鬧也好，欠條都不會消失。別人知道了這事，只會看熱鬧，不會幫她還錢，最後這錢要麼徐氏還，要麼她還。

但是，裴殊欠的錢憑什麼她們還，他欠的就該自己還！

顧筠吸了吸鼻子。「夫君是不是怪我這點忙都幫不上……」

「我從未這麼想過，這次是我不對，我欠的合該我還，不關妳的事，夫人肯借我銀子，就是幫忙了。」

「可我們是夫妻，還寫欠條豈不是太見外了？」

「就因為是夫妻才更該寫，有句話叫親兄弟明算帳，欠條寫好何日借何時還，每月利息幾成，該還多少……我再不中用也不能打妳嫁妝的主意。」

顧筠就要裴殊這句話，道：「當務之急是把錢還上，這事越少人知道越好。綠勺，妳回去拿錢，順便取紙筆過來。」

嫁妝加上祖母和英國公給的，總共五千多兩，這些年她的鋪子賺錢，勉強能湊出二千多兩，加起來七千多兩。

撕了賭坊的欠條，顧筠重新寫了一張：裴殊欠顧筠七千一百兩銀子，還款期限不定，直到還完為止。

顧筠沒好意思要利息，裴殊能把錢還上就不錯了，還指望利息。

寫完之後兩人簽字，按了手印。

兩名壯漢收到了錢。「夫人大義，以後若有啥事，夫人知會一聲。」

顧筠沒把客氣話當真，讓綠勺把兩人送出去，廳裡只剩虎子和裴殊，春玉和幾個丫鬟守在外頭。

虎子小心翼翼地跪著，偷偷瞄了眼顧筠，一身雪青色的衣裳，顏色雅淡，平添了幾分穩重。她手搭在腿上，面前一盞茶，茶煙裊裊，看著溫柔和煦，也不知道在想什麼。

堂廳裡半點聲音都沒有，裴殊頭疼，他肯定得還錢，但要怎麼還是個問題……

顧筠一下子站了起來，然後頭也不回地走了。

這是怎麼了？

裴殊愣了一下，腦子一片空白，虎子伸著脖子道：「世子，趕緊追啊！」

裴殊想也不想就追了上去。

澄心院，正屋窗門緊閉，裴殊這才明白，雖還清賭債了，可事還沒完。

錢是他欠的，卻是顧筠替他還的，七千一百兩不是小數目，況且，顧筠在平陽侯府日子並不如意，攢下這麼多錢也不容易。

他伸手朝家裡拿錢，自己從未賺過一分，在顧筠看來，讓他還七千一百兩，無異於癡人說夢。

她剛進門，就得替夫君還銀子。

裴殊深吸一口氣，推門進去。

顧筠坐在羅漢床上，眼裡空蕩蕩的。她今天穿得好看，雪青色的衣裳，襯得人白，髮髻上簪了紫色的絨花，本來想今日去布施，若有人問起她的衣裳，就說是家裡布坊新染的顏色，到時能多賣幾疋布。

結果，世事難料。

七千一百兩說沒就沒了，顧筠怎麼可能不心疼？

她鋪子一月進帳幾十兩銀子，二千兩的私房都要攢幾年，更別提嫁妝銀子和英國公給她的。

顧筠眨了眨眼，擦了一下眼角，一回頭，見裴殊手足無措地站在門口。

第五章

裴殊喊了聲。「阿筠。」

顧筠的聲音帶著兩分哭腔。「夫君……」

裴殊見顧筠哭得心疼。「妳別哭呀！我這次不對，一來不該去賭坊賭錢，不過我真的戒了，自從成親之後一次都沒去過。」裴殊伸出三根手指。「我發誓，沒說謊，不信，妳去問虎子。」

顧筠低下頭道：「你們主僕二人，狼狽為奸，沆瀣一氣，我去問他，他也是向著你說話。」

裴殊伸出手給顧筠看。「這些日子我一直在布坊，妳可以去問趙掌櫃。」

見顧筠不說話，裴殊繼續反思道：「二來不該去借錢，本來六千五百兩，這下又多了六百多兩。第三，我都成家了，不該讓父親操心，更不該讓妳傷心。」

裴殊左右看了看，也沒見洗衣板可以拿來跪，就往顧筠那裡挪了挪。

原身犯的錯，他得擔下來，可顧筠才多大，在顧筠面前說這些，裴殊臊得臉紅。

「第四，我該事先和妳說，本來妳今天開開心心地出門，結果鬧這一齣，沒了好心情不說，還丟了錢。我跟妳保證沒有下次，阿筠，我說過的話全做到了，我是個言而有信的人……妳別不說話啊，我怪心慌的。」

顧筠板著一張小臉，輕飄飄看了他一眼。「你還知道心慌……你都不知道我有多擔心，那些人才不管你是不是世子，他們只要錢，還不上就砍你的手。我嫁給你，不圖榮華富貴，只想過安安穩穩的日子。」

裴殊垂下頭，他也想過安穩日子啊，他心裡的苦跟誰說去？

「我知道，我這不是慢慢改嘛，我從前渾渾噩噩，什麼都不知道，想改也得慢慢來。」

顧筠不想逼太緊，只是這些空口白話，讓她怎麼信。

事已至此，再追究也沒用，她道：「你從前買的東西，看看哪些能賣。布坊每月給你開工錢，到了就先還帳。」

「每月月例也還帳，我沒花錢的地方。」裴殊抹了一把臉，他現在能省則省。

他再跟以前似的花錢，顧筠還不得活剝了他的皮。

顧筠點了點頭。「我嫁給你，咱們就是夫妻，夫妻一體，以後過日子得拿出個章程來……」

裴殊先開口道：「我聽妳的，妳現在是我夫人，也是我債主，以後妳說一我不說二，錢還上之前都這樣。」

他不敢說得太死，怕顧筠懷疑，如果是原身，估計會擺擺手，說找我娘要去。
顧筠問：「若再有下次呢？」
裴殊當即道：「自然也聽妳的。」
顧筠氣消了一半，都說在家從父、出嫁從夫。嫁人之後，裴殊是她最親近的人，卻不是可以依賴的人，她還要幫裴殊收拾爛攤子。
裴殊的這些保證能作數嗎？顧筠不知道，但她相信最起碼他說的當下是想改過的。就算以後故態復萌，也沒辦法。至少他現在的目光很真誠。
顧筠點了一下頭。
裴殊去握顧筠的手，顧筠的手很涼。
她才多大年紀，卻要為他處理這種事，裴殊覺得他跳級搞研究也沒什麼了不起，若是顧筠做那些，肯定也能做好。
裴殊蹲了下來，仰頭看著顧筠，她今天估計委屈極了。「我想法子賺錢，下午就去布坊。」
顧筠道：「還是歇一天吧，你手還傷著呢。」
要想馬兒跑，得給馬兒吃草，顧筠明白這道理，不能把人逼得太緊。
裴殊心裡越發酸澀，還是夫人心疼他。

顧筠拉裴殊起來，這才過巳時，上午還有大半呢。

布施的事，有清韻在，還有國公府的侍衛，顧筠沒什麼不放心的。

唯一發愁的就是錢，裴殊染出新色來，應該能賺錢，可這是國公府的生意，賺的銀子不論多少都要充公，也就是說，布坊生意再好，她也不能拿裡面的利潤補欠錢的缺口。

嫁妝鋪子每月賺的銀錢尚有盈餘，她還有個小莊子，今年春種已經過了，莊子收的糧食、養的牲畜足夠澄心院用，以後小廚房二十兩定例也能省下來。

能省則省，再想法子賺錢，日子不會太難過。

頂多是手裡沒有餘錢應急，但也不是什麼大事。

顧筠朝裴殊笑了笑。「夫君，事情都發生了，咱們無論做什麼都不可能回到沒借錢的時候，既然如此，就想法子賺錢。我們是一家人。」

她是和裴殊成親，不是和國公府，無論是徐氏還是別人都不是親人，只有裴殊。

裴殊心裡不是滋味，他更願意顧筠罵他一頓，這姑娘怎麼這麼傻呢！

「對，咱們是一家，以後有什麼事，我先和妳說。」

顧筠心想，若再有下次，她就把裴殊的腿打斷。

眼下她是去不成城郊了，就等清韻回來。下午沒什麼事，再去鋪子看一看。

顧筠把小廚房的兩個廚子喊了過來。「世子從前定下的菜單先放一放，以後每頓飯不超過三道菜，每日都得有羊肉，世子愛吃這個，不可奢靡浪費。」
顧筠得讓裴殊多吃點羊肉，興許他突然就行了呢！
有了孩子，屆時裴殊想去哪兒就去哪兒。
兩個廚子保證，會把顧筠的話記在心裡，絕不會忘。
正午之前，清韻趕回來了，布施一切順利，顧槿和顧寧也能獨當一面，就是仁和堂趙大夫的小徒弟累極了。
不過清韻已經帶人去酒樓，點了一桌菜。一桌菜也得二兩，真是不當家不知柴米貴。清韻沒敢問賭債的事，她就是個丫鬟，姑娘讓她做什麼她就做什麼。
只不過，世子這回真的是……
姑娘剛嫁進門，世子可能還不了解，但她了解，姑娘能把這事忍下來，日後肯定把世子拿捏得死死的。
誰讓世子有把柄落在她家姑娘手裡呢！清韻為裴殊捏了一把汗。
一晃眼到了中午，午飯是羊肉燉蘿蔔、韭菜炒雞蛋、清蒸魚、兩碗飯。
跟裴殊早先吩咐的不太一樣，但是他不敢說話。
他花了大把的銀子，省吃儉用是應該的，就是不該連累顧筠，她還在長身體呢。
裴殊知道，要想吃好的，得賺錢。

他安分地吃完這頓飯，什麼都沒問，飯桌上甚是殷勤地挾了兩塊羊肉給顧筠。

顧筠道：「夫君多吃些，莊子送來的羊肉，正新鮮。」

裴殊受寵若驚，他從前專心科研，人情世故、為人處世方面並不如顧筠，這回欠了錢，自己就像做錯事的孩子一樣，手足無措。

他得賺錢，把錢還上，讓顧筠高看一眼。

裴殊想法子賺錢，顧筠也在想開源節流，首先，澄心院用不了那麼多丫鬟。

用過飯，顧筠讓春玉把院子裡的丫鬟列個清單。

看院門的粗使婆子兩個，打掃丫鬟有四個，廚房切菜打雜兩個，還有八個無事可做——不知道裴殊要這麼多丫鬟做什麼。

顧筠說：「挑兩個在書房伺候筆墨，剩下的跟管家說一聲，澄心院用不了這麼多人。」

她有清韻、綠勺，這麼多人每月月錢都要幾十兩銀子。

顧筠把這群小丫鬟聚集，這是她進門後第一次訓話，這群小姑娘低著頭瑟瑟發抖。

「澄心院就這麼大點的地方，妳們留在這兒也是蹉跎年華，我留兩個在書房伺候，剩下的先去管家那兒，若有院子缺人，先讓妳們頂上。」

顧筠讓她們抬起頭來，挑了兩個最好看的，一個名叫初雪，另一個名曰雅風。

「其他人送走。」

清韻、綠勺對視一眼，眼裡有幾分焦急，等顧筠回了屋，清韻低聲道：「姑娘，書房伺候的還是選老實本分的好。」

那兩個姑娘雖然不能和自家姑娘比，但是高門大院，最愛出這種鶯鶯燕燕。書房放著兩個年輕好看的丫鬟，誰知道世子爺……

顧筠擺了擺手，她很想說別抬舉裴殊了，他根本就不行。再漂亮的姑娘，在他眼裡還沒肘子香呢，若是她們倆真能成事，生下孩子來，她養著也成。

可不成的是裴殊。

「不用，我心裡有數。」

放兩個好看的人至少賞心悅目，再說，裴殊才進幾次書房。顧筠就喜歡好看的人，像是清韻、綠勺這般，一個氣質清冷，一個活潑靈動。

然後，裴殊回來就發現澄心院的丫鬟少了一大半。

其實原身要這麼多丫鬟也不為別的，就是為了風光，端茶的、倒水的、揉肩的、捏腿的……

丫鬟少了，裴殊也不敢有異議，反正他也用不了那麼多丫鬟。

對於女孩子，他只和顧筠一個說話。

不過他是真得想法子賺錢了。他從頭到腳就剩三兩銀子，盛京什麼都貴，三兩銀子能買三隻燒雞，怎麼賺錢？

他以前做的研究一時半會兒套不出錢，就算有錢也到不了他兜裡。

裴殊嘆了口氣，叫上虎子出門。只見虎子一瘸一拐的，他又挨板子了。

虎子苦著一張臉。「爺，小的今天怕是出不去了，您也安生待著吧。」

夫人還在氣頭上，還出去轉悠惹她幹麼。

裴殊嘆了口氣，拍了拍虎子肩膀，從懷裡掏出半塊碎銀，不捨地放在虎子手裡。「拿著買點藥，牽累你了。」

就剩二兩了。

裴殊一個人出門，他沒想到賺錢這麼不容易，原身沒有一官半職，而且這個朝代想要做官得考科舉，他一個理科生，就算記憶力卓越，那也不能從頭開始學。

想了又想，裴殊只想到兩個法子。

一是改良種子，雜交嫁接，這樣糧產高了，果子甜了，買的人就多了，肯定賺錢。但是現在都四月中旬，春種已經結束，嫁接果樹還得等到秋天才能結果，時間太久。

二是想法子做點小生意，他會做菜，見得多吃得多，可一沒本錢二沒人力，要做只能從小買賣做起，若是原身肯定嫌丟人，但他不嫌，就算走街串巷、擺攤叫賣，只要能賺錢就行。

天黑之後，裴殊才從外面回來，灰頭土臉的。

顧筠這一下午也沒閒著，去了一趟布坊，回來自是腰痠腿疼，她重新記了本帳，是她和裴殊這個小家庭的。

欠錢七千一百五十兩，餘錢一百三十兩，就沒別的錢了。

為裴殊還債，幾乎掏空了她的家底。

她也怕，七千多兩給裴殊就是打水漂，但換來他再也不去賭坊也值，銀子還能再賺。

顧筠今兒肚子餓，都快開飯了，還沒見裴殊人影。「春玉，去門口迎迎。」

春玉就怕這件事讓夫妻倆有隔閡，這才成親就出大事，她立刻出門，沒走幾步就看見裴殊了。

裴殊朝她比了個手勢。「噓。」

見他指了指裡面，春玉明白過來。「夫人在裡面。」

裴殊輕手輕腳走了進去。「我回來了。」

顧筠皺了皺眉。「夫君怎回來這麼晚，天都黑了，不知道時辰嗎？」

裴殊笑了笑。「有要緊事。」他往桌上放了一個荷包。「打開看看。」

顧筠面露疑惑，不過還是依言打開了，裡面是好幾塊碎銀子，還有幾個銅板，據她所知，裴殊身上都快沒錢了，這裡面最起碼十兩，他哪來的錢？

「沒偷沒搶，我自己賺的。」見顧筠更疑惑了，裴殊道：「可別嫌少，這可是我喊了一下午賺的，以後肯定能賺更多。」

他又道：「嘿，我在家做了點切糕，好多層，第一層瓜子仁，第二層花生米，還有山楂糕、炒栗子，裡頭好多果子，全賣完了，不過我提前切了一塊，帶回來給妳嚐嚐。」裴殊從懷裡掏出一個油紙包，顧筠肯定沒聽過切糕。

顧筠倒了杯水給他，裴殊咕嚕一口就喝完了。

說起來這跟他以前的受騙經歷有關，那麼一小塊切糕，就花了好幾百塊錢，味道還一般。後來他自己試著做，比街上賣得好吃多了。再後來就是這次，做了一大鍋，從府上找了小推車，一斤切糕一兩銀子，先嚐後買，全賣出去了。

除去成本，還剩十多兩，他嗓子都快喊啞了，可見賺錢不容易。

顧筠眼睛紅紅的，她沒想到裴殊會做這些，其實不用做，他們也能過得很好。

「嚐嚐。」

切糕有些涼了，薄薄一塊，裡面有瓜子仁、花生。

吃到酸酸甜甜的山楂糕，顧筠點了點頭。「好吃。」

裴殊道：「我慢慢攢錢，先把欠妳的錢還上。」

他要讓顧筠知道，他是真想變好，真想還錢。

顧筠好像只會點頭，別的什麼都不會了，她不拿裴殊和別人比，只拿他和他自己比，原本他賭錢喝酒一擲千金，現在卻在街頭叫賣，只要改過就行。

顧筠露出一個笑來。「一天十多兩，以後興許賺得更多，用不了多久就能還上了，到時候把欠條撕了。」

「行。」

夫妻倆還沒吃飯，晚飯照例是烹羊肉，裴殊餓極了，只要有肉就行，別的他不挑。吃過飯，裴殊漱洗乾淨就去床上躺著，原身是個手無縛雞之力的公子，他自己也好不到哪兒去，成天坐著，站半天差點要了他小命。

顧筠就坐在一旁替他揉胳膊捏腿。

「不用。」裴殊握住顧筠的手，他累是累，但沒那麼嬌氣，他賺到錢，心裡有股衝勁，睡一晚上就好了，明兒還能繼續幹。

顧筠道：「捏一捏，不然明兒肯定痠疼，夫君出門賺錢養家，我替夫君揉肩解乏。」

捏了不到半刻鐘，門外響起敲門聲，顧筠聽是春玉的聲音。

「夫人……」

顧筠手上動作稍頓，微微坐直了些。「怎麼了？」

春玉聲音有些急促。「公爺身邊的張管事過來了，說是請世子和夫人過去一趟。」

春玉貼著門，壓著聲音道：「夫人，會不會是上午的事兒？」

顧筠看向裴殊，裴殊也坐了起來。

顧筠在裡面道：「可說了是什麼事？」

明知兩人看不見，可春玉還是搖了搖頭。「張管事什麼都沒說，就請世子和夫人過去一趟。」

春玉就怕是因為上午欠債的事，從前世子不論多麼不著調，國公雖然生氣，也沒說過太重的話。

顧筠看了眼裴殊，裴殊也看著她，他一頭霧水，這會兒叫他們過去，很難不往那方面想。

裴殊坐了起來，拍了拍顧筠的手。「過去看看再說。」

從澄心院到正院，也就半刻鐘的時間，兩人相攜走在前面，幾個丫鬟跟在後頭。

進了正院，裡面燈火通明，丫鬟留在外頭，顧筠和裴殊走了進去。

所有人都在。

顧筠每日都來正院，徐氏雖為繼室，但也是正經婆婆，她每日都要來請安。正廳不小，可一下擠這麼多人就顯得小了。

徐氏一臉緊張，英國公面無表情，裴靖等人低著頭，看不清神色，倒是裴湘，朝顧筠搖了搖頭。

縱使顧筠不想往那方面想，但八成就是為了賭債的事。

與其等英國公提，還不如自己說，況且這事本來就是裴殊做得不對。

顧筠行了一禮。「見過父親母親，正巧父親喊兒媳和夫君過來，兒媳也有一事要稟明父親。

「一個月前，夫君在外借了一筆錢，總共是六千五百兩，今兒要債要到國公府門口，媳婦就幫著還上了，不過，媳婦不敢動用中饋，按理說，夫君欠的錢理應他還，但夫妻一體，夫君也說了，以後再也不去賭坊，還請父親再給他一次機會。」說完，顧筠看了眼裴殊。

天已經黑了，屋裡點著燭燈，不過燭光昏暗。

英國公打量著顧筠，行事張弛有度，是個好兒媳，可是……

英國公一把將桌上的茶盞砸到地上。「你這個逆子！裴家的臉都快被你給丟盡了，還不跪下！」

裴殊皺了皺眉。「欠債是我不對，可錢已經還上了，而且，我也說了以後再也不去賭，父親……」

那他還跪什麼跪？那日跪是因為對不住顧筠，可今日事情都解決了，他沒錯。

腳邊的碎瓷片反射出寒光，裴殊伸手護住顧筠，讓她往後站一站，不知道這個動作觸碰到英國公哪一根弦，他拍桌而起。

「逆子！我看你是反了天了！」英國公又扔下來一樣東西。「你自己看看，這是什麼東西，你平日胡作非為就算了，家裡寵著你、縱著你，可你丟臉丟到大街上！」

那是一個油紙包，顧筠莫名覺得有些熟悉，就在剛剛，裴殊還從懷裡掏出一個給她。

顧筠彎腰把油紙包撿起來，打開看，正是裴殊做的切糕。

這切糕和丟臉有什麼關係？

「身為裴家子孫，卻沈迷喝酒賭錢，不僅如此，還去街上擺攤叫賣，府上是短了你吃，還是短了你穿？我不求你像你兄長一樣上進，可你看看你幹的都是什麼事，你是嫌我的臉沒被你丟盡嗎？」英國公一想到裴殊當街叫賣，就頭昏腦脹。

誰家的兒子跟裴殊一樣？別家世子能文能武，裴殊什麼都不行，現在跟街邊小販一樣，哪還有世子的威嚴在！

裴殊眼中有不解，他張了張嘴，又實在不知道說什麼。在英國公看來，出去擺攤叫賣就是丟人現眼，他可以做個不學無術的世子，但是這個世子不能是一個街頭小販。

顧筠一句一句聽著。「父親，夫君去賣東西是為了賺錢……」

英國公道：「他若是少花點什麼都有了，誰家世子像他一樣，幾千兩、幾千兩地往外撒，你娘留下的東西全被你敗光了。照這麼下去，這個世子你別當了！」

徐氏猛地站起來。「公爺，您在氣頭上，世子已經改了，不過是一時新鮮去賣點東西，您別動肝火。世子，你和公爺說，以後都不去了。」

裴殊站著沒說話，顧筠也沒說話。

比起裴殊，她更不解，她千盼萬念裴殊能學好，怎麼到英國公這兒就成了不堪為人、丟人現眼了？

難道在外謀生的人都是丟人現眼？難道城外那些百姓也是丟人現眼？明明不學無術、混吃等死才令人不齒！

「妳看他一副不知悔改的樣子，我就是太慣著他了。」徐氏的話像油一樣澆在英國公的怒火上。「你現在成親了，翅膀硬了，我若是把國公府的基業交到你手裡，才是愧對列祖列宗！」

此話一出，屋裡寂靜無聲。

裴靖垂著眸子，開口道：「父親，三弟只是一時興起，才去街頭，他既然已經知錯了，您就別生氣了。有道是聞道有先後，術業有專攻，興許他志不在此，您給他一個鋪子練手……」

英國公最恨裴殊這副油鹽不進的樣子。

徐氏看著英國公，心裡猶疑，她比任何人都知道英國公對裴殊的感情，寧氏在世時，裴殊是他唯一的嫡子。寧氏走後，英國公思念亡妻，對裴殊也是一忍再忍，哪怕裴殊紈袴，也未起過廢世子的念頭。

欠賭債只是第一層，裴殊一向花錢大手大腳。徐氏沒想到的是，裴殊竟然去擺攤賣東西，盯著裴殊的人說，世子去城北巷口賣小吃，買的人還不少。

徐氏就讓丫鬟買了一塊，等英國公回來適時遞了過去，而後不出意料，英國公果然動怒。

一切都按照她的想法，公爺動怒，喊了裴殊、顧氏過來，不僅如此，還把府上主子全請過來。

徐氏告訴自己要沈住氣，已經忍了這麼多年，不在乎這一時半會兒。

英國公心裡失望有之，想讓裴殊低頭的念頭也有，徐氏只能幫一把，到時候覆水難收，就沒有後悔的機會了。

徐氏對裴殊道：「世子，你給公爺認個錯。」

裴殊沒有，如果是原身在這兒也不會。

顧筠沒有勸，她不覺得裴殊有錯，他想上進，想賺錢，不想再當什麼都不會、混吃等死的人了。如果這都有錯，顧筠不知道什麼是對的。

英國公發怒又如何，左右不過是罰跪，就算世子之位丟了，她也沒在怕。

夫妻倆站在廳中，一個比一個倔。

英國公氣得直點頭。「好啊！沒錯是吧？你以為你算什麼東西，你的一切都是我給的，我看這世子你別當了！給我滾！」

裴殊面上一片冰寒。

他不在意，可這是原身的東西，而且顧筠……

顧筠悄悄握住裴殊的手。「父親，夫君努力上進，何錯之有？況且，夫君已經答應再也不賭了，您也盼著他上進，若是還做一個閒散不知事的人，那與廢物有何區別？」

英國公閉上眼，擺了擺手。

徐氏道：「你們先回去，你父親在氣頭上……」

顧筠把地上的油紙包撿起來，裴殊想說別要了，可是未等開口，顧筠就把那塊切糕拿到手裡。

這才多大會兒，他累了一下午，回來和顧筠顯擺銀子，轉眼間，世子之位被廢。

真是世事無常。

回到澄心院，顧筠開始收拾東西，裴殊坐了一會兒，也跟著顧筠一塊兒收拾。

春玉抹了把眼角，清韻、綠勺默默地收拾顧筠的嫁妝。

等東西都收拾好，已經是亥時三刻。

顧筠說：「我陪嫁有個小莊子，就在城郊，坐馬車過去要一個時辰，趕早不趕晚，咱們今晚過去吧。」

她看重正妻之位和家世，到頭來卻跟裴殊這個人走了。

裴殊道：「好。」

他沒多少東西，就把櫃子裡的衣服拿出來，其他東西，像是擺玩之類，都是原身買回來的，用處不多還占地方，裴殊不打算帶走。

剩下的就是顧筠的嫁妝，她進門還不到一個月，很多東西沒使用，直接帶走也省事。

清韻和綠勺是她的陪嫁丫鬟，自然跟著她一起走，至於澄心院的丫鬟……

顧筠目光從春玉身上掃過，春玉跪在地上。「夫人，奴婢照顧世子長大，願意和世子夫人一起走。」

春玉今年二十三，伺候裴殊十多年，主僕情誼哪能輕易割捨。若是留在國公府，她都不知道要做什麼。

顧筠道：「以後就不必喊世子了，妳去把澄心院的丫鬟都叫來。」

裴殊世子之位被廢，不論以後有沒有復位的可能，現在看都是強弩之末。他不及二公子裴靖上進，外祖家也沒幾個能依靠的，生母早逝，每天除了混吃等死，就是喝酒賭錢，以後能有什麼出息呢？

守門婆子、打掃丫鬟、廚房的，連書房伺候筆墨的初雪、雅風都跪在地上，頭恨不得扎進地裡去。

顧筠說：「我和三公子今晚就搬離國公府，咱們主僕一場，也沒什麼能給妳們的，就一人二兩銀子，盼著妳們日後能有好日子，都起來吧。」

「謝夫人，謝三公子。」眾人齊聲道，收了銀子就瑟縮站著，更怕顧筠突然說要帶她們走。

裴殊伸手捏了捏顧筠的手。「春玉，妳去前頭瞅瞅，馬車備好了嗎？」

東西都收拾得差不多了，該帶走的帶走，不該拿的夫妻倆什麼都沒拿。

沒多久，春玉跑回來說馬車備好了，總共四輛，一趟就能把東西全部拉走。

顧筠拍了拍身上不存在的灰塵。「走吧！」

裴殊沒動，他拉著顧筠的手沒鬆開，就問了一句。「我現在算是一無所有，阿筠，若是妳……」

如果顧筠不想，他可以寫一封和離書，反正他們還沒圓房，顧筠可以再嫁。

顧筠拉著裴殊往外走，卻沒看他。「你不是還有我嗎？」

搬東西用了小半個時辰，丫鬟從府門到澄心院來來往往數次，可算把所有東西都搬上車了。

二人沒有留戀地上了馬車，清韻幾個坐在後頭的車廂，馬蹄聲陣陣，朝著城南駛去。

虎子坐在前頭，他身上傷還沒好，齜牙咧嘴地坐著，不過他不敢喊疼，怕裴殊丟下他。

離開也好，世子不當就不當唄，他家爺高興就成。

世子不當了，留在國公府也沒什麼用，去莊子就去莊子，餓不死就成。

車內，裴殊讓顧筠靠著他睡一會兒，到莊子還早呢。

顧筠閉上眼睛，按理說發生這麼多事，她該累極了，可是腦子裡卻前所未有的清晰。

他們收拾東西花了半個多時辰，正院不可能不知道，卻無人過問。而且，賭債和切糕這兩件事撞在一塊兒，讓她不多想都難。

她不是傻子，日後世子之位落在誰頭上用腳趾頭都能想出來。

先夫人早逝，徐氏成了繼室，後來裴殊被養得頑劣不堪，欠賭債……

樁樁件件，似乎都和徐氏有關。

只是現在想這些沒用，英國公對裴殊失望至極，恨不得從沒生過這個兒子。

從此之後，英國公府會多一位像樣的世子。

第六章

正院。

英國公今夜去了書房，折騰太過，他沒什麼精力，他希望裴姝低頭認錯，可是裴姝一聲不吭地離開了，他怒氣更盛，一夜無眠。

徐氏卻是鬆了口氣，總算塵埃落定了。

徐嬤嬤端上來一盞茶。「二公子已經回去了，明日還得上職呢！五姑娘有人守著，還不知道三公子離開。澄心院的丫鬟就留在院子打掃，等再過一陣子，估計就沒人記得三公子這個人了。」

徐氏面上帶著淺笑。「總歸是裴家人，日後他們不好過的時候，照看幾分。」

裴姝的世子剛被廢，徐氏也不好提立裴靖為世子的事，不過終歸是早晚的事。

徐嬤嬤帶著恰到好處的笑。「三公子過慣了富貴日子，到莊子上也不知道受不受得了。」

一時硬氣離開國公府，過幾天再灰頭土臉回來，那多丟人。

徐嬤嬤總算知道自家夫人的用意所在了，把前頭的帳添上，顧氏才會心甘情願還賭債，她嫁妝銀子才多少，還完賭債就不剩什麼了，而裴殊大手大腳慣了，到時候日子過得差了，比較也就出來了。

到底誰該是世子，誰有能力。

徐氏輕聲道：「他落到如今的田地也是咎由自取，怨不得別人。」

至於裴湘，徐氏更沒放在心上過，過兩年給她找一門親事，備上嫁妝，就能出閣了。

還有顧氏……

顧筠跟著裴殊離開倒是出乎徐氏的意料，她以為顧筠嫁給裴殊是看重英國公府和世子之位，如今裴殊的世子之位都沒了，顧筠竟然能站在他身側。

徐氏原本打算，裴殊世子之位被廢，顧筠要與他和離，這一遭接著一遭，興許人受不住大病一場直接去了，不承想顧筠願意跟著他一起離開。

也罷，左右是個十幾歲的姑娘，能翻出什麼風浪。

塵埃落定，她也該鬆快幾日。

馬車駛了一個多時辰，頂著濃濃夜色，一行人終於到了莊子上。

莊戶有三戶人家，三十幾口人，負責每年春種秋收。

莊子總共六十多畝地，還有個小池塘，種了荷花。

地裡種的是小麥、花生、紅薯之類，還有兩畝地種了蔬果。

到了莊戶，就把守地的大黃狗吵醒了，汪汪幾聲，不遠處的屋舍亮起橘黃色的燈。趙老漢披著衣服出來，揉著眼睛，看了好一會兒才不可思議道：「清韻姑娘？你們怎麼來了。」

顧筠由裴殊拉著下車，趙老漢更詫異了。「姑娘……夫人，你們怎麼過來了，這大晚上的……」

顧筠道：「這位是我夫君，此事說來話長。趙大爺，我們先在莊子住下，有什麼事明日再說。」

不過話說回來，這會兒都丑時了。

先休息，明日再打算。

這是顧筠的莊子，她以前在這兒住過，裴殊跟她睡一間，春玉跟清韻、綠勺睡一間，虎子還有幾個車夫，就麻煩趙老漢，跟他孫兒們擠一擠。

換上床褥，夫妻倆簡單梳洗就躺下了，連馬車上的東西都沒搬。

裴殊是真的累，這一天發生太多事，躺下沒多久就睡熟了。

顧筠沒什麼睡意，月光透過窗子照進來，打在裴殊的臉上，能看清他臉上的倦色，她伸手輕輕碰了一下。

跟著他走的決定雖然不知道對不對，但顧筠不後悔，就連嫁給他都不後悔。以後的日子是好是壞，那也是她自己選的，怨不得旁人。

顧筠睏意上來，也睡熟了。

這一覺睡到日上三竿，以往她要給徐氏請安，早早就起了，然後再回來也沒有睡的念頭，這回卻是極其酣暢。

裴殊醒了一會兒，就是沒起。「在這兒睡也挺舒服的，妳再躺會兒，我去把東西收拾收拾。」

顧筠躺不住，帶過來的東西不少，她不放心讓裴殊處理。

趙老漢醒得早，他蹲在家門口抽旱煙，心裡思緒一陣一陣的，昨晚見了顧筠之後，他就再也沒睡著，誰家主子會大半夜來莊子住，拉著一車又一車的東西。

今兒早上三個車夫駕著馬車離開，趙老漢心裡更慌了，莫不是裴公子家敗了，不得已才住在莊子上？

雖然沒猜全對，但也差不多了。

顧筠起來之後，就把事情的前因後果和趙老漢說了。「說出來倒讓您笑話了，不過事已至此，也沒別的法子，幸好城中還有間小鋪子，以後不愁吃穿。」

趙老漢每年靠莊子的收成過活，幫忙春種秋收，糧食可分到兩成，家裡吃穿不愁，還能存下銀子。

趙老漢沒多問，他不好摻和主子家的事。「唉，日子怎麼過都是過，我那婆子做了早飯，給夫人送過去一點？」

車上的東西還沒收拾，早飯也顧不得做，顧筠笑道：「有勞了。」

裴殊在這裡睡得更踏實，土地、糧食是他所熟悉的地方，遠處有山群，還有個池塘，有山有水，他能慢慢把研究加以運用。

他看著前面青綠的麥田，又回頭看了看跟趙老漢說話的顧筠。

嫁給他，總要有如意日子吧。

早飯就是小米粥和白饅頭，一碟鹹菜，一盤炒雞蛋，看著簡單，但在農戶已經是不錯的飯食了。

裴殊看莊戶上養了雞、鴨和豬，就是數量不多，估計也沒多少雞蛋。他正巧看過幾本關於養殖的書。

裴殊挾了大塊炒雞蛋給顧筠。「快吃。」

顧筠也幫他挾了一塊，農家飯很香，用料實誠且新鮮。

等上午把東西歸納好，有清韻她們，就不必趙老漢送飯了。

吃過早飯，顧筠就開始清點帶來的東西。

那些擺飾器物先找間小屋子放著。她住的院子不大，僅夠擺一張床、一套桌椅、兩個衣櫃，再放別的就顯得逼仄了。

顧筠讓清韻把她的琴和書擺好，兩床被褥是她的嫁妝，桌椅是從澄心院帶回來的。從前寧氏的嫁妝還留有一些，春玉列了張單子，顧筠想留給裴湘。

徐氏為人謹慎，圖謀的只有世子之位，她有意放縱，寧氏的嫁妝全被裴殊敗光，顧筠有些不放心裴湘，可眼下做不了什麼。

除了這些用具，就是幾人的衣裳，春玉帶虎子四人每人收拾一個包袱，裴殊的也不多，幾乎全是顧筠的。

春夏秋冬的衣裳，還有布料、皮毛，顧筠讓清韻把料子放外頭，衣服壓櫃子底下。住在莊戶，用不上這麼好看的。

收拾好東西，已經是晌午，顧筠寫了封信給侯府，還寫了一封給李氏，言明一切都好，讓他們不必憂心。

由趙老漢的兒子送信去侯府，這麼磨蹭一會兒，也該吃午飯了。

清韻小跑過來，低聲道：「本想著奴婢和綠勺做飯，但公子非要掌勺……」

顧筠道：「他樂意做也無妨，走吧。」

到了莊子上，規矩就更少了。她們住的是正三間，左右兩間屋子，中間是堂屋和廚房，廚房有灶臺，連著大鍋，對面是半人高的桌子，留著切菜，一旁還有個碗櫃，用來放鍋碗瓢盆。

方形的飯桌就擺在堂屋，總共四把椅子，顧筠她們一共六個人，還得再從屋裡搬兩把過來。

春玉道：「夫人，我們跟著吃於禮不合。」

她們是奴才，哪能和主子一塊兒吃。

灶臺傳來飯菜的香味，顧筠道：「一共三間屋子，你們不在這兒吃，要在哪兒吃？等過陣子，新起間宅院。這些日子就一塊兒吃吧，人多熱鬧。」

裴殊也是這個意思，他本來就不重規矩，離開了國公府，更是無拘無束，這三間房肯定是不夠住，蓋房子的事得再說。

裴殊看著幾個丫鬟把飯菜端上桌來。「做得簡單，阿筠，妳嚐嚐合不合口味。」

莊子上有雞蛋，有魚，還有青菜，不是逢年過節，趙老漢家裡也沒肉，裴殊做了小蔥炒雞蛋、紅燒魚，還炒了兩盤青菜。

他挾了一塊魚肚肉給顧筠。「快吃。」

莊上東西雖少，可勝在新鮮，也不知道裴殊怎麼做的，味道出奇好。

這兩天下來，顧筠是第一次真心實意地露出笑來。

現在環境雖然不好，可是不愁吃穿，再差也差不到哪兒去，嫁過來之前她還總擔心裴殊不著調，萬一哪天丟了世子之位，也想過進門之後要勸誡提點著。到頭來還是保不住。

但顧筠不後悔，在她看來，懂得上進比別的什麼都強，就是怕侯府派人來，勸她和離。

顧筠看了眼裴殊，他低頭吃飯很認真，什麼都顧不上，顧筠就幫他挾了炒雞蛋。

裴殊抬頭笑了笑。「阿筠，咱們離開國公府，父親肯定是怒上加怒，過不了多久廢世子的聖旨就該下來了，再無轉圜的機會。」

顧筠點了點頭。「不當就不當了，咱們過咱們的日子。多吃點，下午去逛一逛莊子。」

莊子由莊戶經營管理，春種秋收，餵養牲畜，雖然說莊子上的東西會送給她，但是趙老漢他們養的雞鴨，仔細算起來是他們自己的。他們花錢買雞鴨，就是為了貼補家用。

上午趙老漢送來一筐雞蛋，差不多二十多顆，再加上米麵、青菜，顧筠讓清韻給了五十文錢。

五十文錢並不多，可日後用錢的地方多，就得一文一文地算著花。

還得自己養雞養鴨，能省一點是一點。沒有家業要繼承，就得自己慢慢攢。

吃過飯，春玉去收拾碗筷，顧筠和裴殊在莊子上閒逛。

總共六十三畝地，四十畝地的麥子，十畝地的黃豆，十畝地花生，還有兩畝地紅薯，剩下的零零散散地種了青菜。

小池塘在莊子南面，看著有二十多畝，裡面有荷花，秋日能收藕，夏末的時候還能摘蓮蓬吃。

莊子不缺水，不過種地灌溉還是指望老天爺，要麼就是挑水。

裴殊用簸箕收了點土，沒有儀器只能靠手摸，土質有些乾，缺肥，地還得養。

田裡的麥苗一片青綠，長勢挺好，到小腿肚，不過還沒結麥穗。

田埂有雞鴨，低著頭找蟲子吃，裴殊看著有點嘴饞。

叫花雞、童子雞、燒雞、燉雞，還有鴨子，怎麼吃都好吃。

剛來這兒，裴殊也不好意思說想吃雞。

裴殊道：「看這莊稼長得還不錯，秋天能有個好收成。」

顧筠嗔了他一眼。「你還看得出莊稼好不好？」

恐怕裴殊都不知道地裡種的是什麼。

裴殊說：「噯，這邊是麥子，那片是花生，我沒說錯吧。」

顧筠愣了愣，裴殊還真沒說錯。「你還認得這些？」

裴殊笑道：「我怎麼就不認識，我還知道那小塊種的是紅薯。」

他在現代社會成天和這些打交道，研究怎麼讓產量更高，怎麼讓味道更好，還進修了水利，具備雙學位。
顧筠更驚訝了。不過真要什麼都不知道才稀奇呢，這麼大的人連小麥苗是什麼樣子都不知道，連三歲小孩都不如。
「這莊子收的糧食夠吃，一年都吃不完，不過糧食還是越多越好，要是咱們的糧種好，以後就能賣糧種。」裴殊笑嘻嘻地說：「我就對吃的感興趣，像染布，那都是鬧著玩的。」
說起染布，就不得不說新出的三種顏色料子，顧筠把持中饋的時候，事事盡心，顏料方子還在布坊，白白便宜了國公府。
興許他們用了染料，還說那是裴靖弄出來的，真是晦氣。
不過若沒這些事，顧筠也不會覺得裴殊真想改過自新，反正禍兮福之所倚，福兮禍之所伏，誰知道離開國公府究竟是福是禍呢？
裴殊也想到染料的事，他拍了拍顧筠的手。「我能染出三樣，就能染出三十樣，等以後咱們自己有布坊了，我幫妳染別的顏色。」
如果沒發生這些事，裴殊說這些顧筠肯定不信，但她現在信。
「等你染出來再說吧。」顧筠笑了笑。「下午估計是趕不上了，明天讓春玉去邊上莊子看看，買點雞仔、鴨仔。」
趙老漢他們家裡養著雞鴨，但是自家都不夠吃，哪能賣給他們。

池塘裡的魚是她的，再養點雞、鴨、豬，這樣的日子也不錯。

裴殊道：「我去，下午我就去看看，附近莊戶肯定有賣。不用妳給錢，我這兒還有十兩多，肯定夠。」

顧筠點了點頭。「讓虎子跟著，也有個照應，你坐馬車去。」

裴殊笑道：「那行，等我回來吃飯，我買肉。」

遠處是綠色的麥田，有小孩在田埂間跑來跑去。

莊子一共三戶人家，有三十多口人，鄰里關係不錯，就守著這座莊子，盼著多攢點錢供孫兒讀書。

其中趙老漢夫婦一家，有三個兒子，三個兒媳婦，還有五個孫子女。

趙家老婆子白氏讓兒媳婦送點菜給顧筠。「拿過去，每天都摘點小白菜啥的，等黃瓜熟成了，也送點過去。」

白氏是個厲害的人，幾個兒媳婦都孝順恭敬，聞言應了聲，就去送菜了。

白氏聽趙老漢說，裴殊不當世子，以後估計就在莊子裡生活。這世事無常，一朝變天，再也回不去了，那富貴日子過慣了，哪受得了這種生活。

白氏讓趙老漢不要胡說，都說落難的鳳凰不如雞，她看裴殊和顧筠就是不一樣，就像主子，沒準兒以後東山再起呢！

若他們好好伺候，兒孫的福氣在後頭呢！

到了傍晚，裴殊才回來，他不認路，繞了許久，才找到大一點的農莊，裡頭養了不少雞，裴殊買了小雞仔。

虎子不會挑，還是裴殊自己挑的。

雞仔二十文錢，裴殊買了三十隻，小鴨子二十五文，裴殊買了十五隻，還買了二十斤豬肉，兩隻老母雞。

一共花了一兩又五十文錢。

虎子說還挺便宜。

確實不貴，賺十兩夠吃好多頓，但原身花錢大手大腳，哪知道那麼多錢能做更多事。

不過他占了人家的身體，弄丟原身的世子之位，哪好意思再說原身的不是。

在澄心院的時候，他讓廚子每天燉湯給顧筠喝，現在離開國公府，也得燉湯喝。

回到莊子已經是傍晚了，顧筠跟春玉三人張羅了一頓晚飯。

小米粥，魚丸湯，一碟鹹菜。

裴殊餓得前胸貼後背，他吃了一口，嚼了嚼，詫異道：「噯，好吃啊！我以前從沒吃過妳做的菜。」

顧筠道：「有春玉她們幫忙呢，再說，要是讓你知道了，豈不是以後都得我做？」

裴殊心想，顧筠可真聰明，要不是這回，他都不知道她還會煮飯。

顧筠笑道：「在家裡的時候什麼都學，琴棋書畫，女工刺繡，下廚點心一樣不落。」

她要強，恨不得什麼都做到最好，那些拚命學的東西還是有用的，至少回報到自己身上。

說起來侯府也該收到信了，這事說起來也簡單，裴殊被廢，英國公鐵了心，毫無逆轉的可能。

侯府不會出面，最多就是勸她跟裴殊和離。

且不說和離之後再嫁一個什麼人，顧筠不想和離。

現在談不上心悅，顧筠就是覺得他不是一個只會吃喝玩樂、賭錢的人了，如今他知上進，懂得體貼，對她而言就夠了。

以前裴殊是混帳，可他都改了。

若是過幾天侯府來人，她打算一個人應付。

顧筠道：「明日你去鋪子看看，跟著掌櫃學一學管帳啥的。」

裴殊點頭應了聲，他「學」得快，師出有名，以後會什麼東西，顧筠也不會說什麼。再說，順便看看有啥生意可做。

顧筠猜得不錯，第二天，侯府就來人了。

不過來的不是別人，而是顧槿。

裴殊一早就去城裡，莊子上沒別人，顧筠遠遠地看著顧槿，點了個頭。

顧槿目光複雜，她遠遠看著顧筠，說不上是什麼心情，從前，她盼著顧筠嫁不好，盼著裴殊不上進，盼著這個姊姊願望破滅，可真到這一刻，她一點都不高興。

顧槿讓丫鬟留在馬車上，自己走過去。「四姊。」

顧筠行了個平禮。「五妹。」

顧槿左右看了看，看見莊稼漢子，還有四處亂跑的孩子，還有清韻，就是沒看見裴殊。

「姊夫呢？」

顧筠帶著人進屋。「他去城裡了。」

顧槿被院子前頭的小雞嚇了一跳，提著裙襬進了屋，屋裡簡簡單單，自是比不上侯府。看著灰牆泥瓦，也不知道過的是什麼日子。

顧筠倒了杯水給她。「快坐吧。」

來的是顧槿，侯府估計放棄她這個女兒了，這樣也好。

顧筠鬆了口氣，給顧槿沏茶，拿了點小米糕。這是早上做的，就當點心吃。

顧槿從進門之後就沒說話，她捧著茶，鼻子有點酸，過了好一會兒，才道：「怎麼弄成這個樣子，真是丟人……」

連夜出府，雖然不是被趕出來，但也沒差，是挺丟人的。

顧筠說：「人活一輩子，也不是活給別人看，丟人就丟人吧。」

顧槿嘆了口氣。「那以後呢？妳打算怎麼辦，什麼時候和離？」她自顧自說著，沒注意到顧筠淡然卻堅定的神色。「現在和離是不太好，那就等一陣子，姊夫自己不爭氣，連世子之位都丟了，也不能怪咱們，大不了多給點銀子……」

縱使以前顧槿對顧筠有多少不滿意的地方，這會兒也沒想著落井下石，到底是自家姊妹，就算看不慣，那也是以前的事。

顧筠道：「五妹，我沒想過和離。」

顧槿話還沒說完，她抬起頭。「四姊，現在可不是倔強的時候，妳是怎麼了，這不和離做什麼？他……」

之前兩人是有齟齬，可是裴殊這個人，除了家世，哪樣配得上顧筠？

這還是顧槿頭一回替顧筠打算。

顧筠幫她將杯裡的茶水滿上。「這嫁人過日子，總要有一樣拿得出手。裴殊他雖然丟了世子之位，可現在知道上進賺錢，不去賭了。而且，我還有間鋪子，一個月也有銀子入帳，日子不會太難過。」

要顧槿說，那些銀子哪夠用，每日吃食點心，再加上衣服首飾，她看著還多了個伺候的丫鬟，就算出了國公府，總不能不給人月錢吧！

再說以後有了孩子，養孩子花錢，吃穿用度，還得請奶娘，以後長大了要讀書，若是女兒還得攢嫁妝。

顧槿真心實意地為顧筠著想，可是顧筠一點都不領情。

「也不知道裴殊給妳灌了什麼迷魂藥，妳怎麼不想想跟著他，日後再也不能去賞花會賽詩宴，沒有人給妳遞帖子，妳那麼聰明，該想到的啊……」

這些顧筠全都想過，她考慮清楚了。

「五妹，多謝妳來這一趟，不過我心意已決。祖母年紀大了，妳幫忙多照看一些。至於我姨娘那裡讓她不必擔心，我這裡什麼都好，日子不是過給別人看的，就算以後再遇見那些世家小姐，我也不會覺得羞愧丟人。」

這回顧槿沒話說了，她本就是偷偷來的，當家裡知道裴殊世子被廢的事之後，母親說這都是命，早在顧筠點頭嫁過去的時候就該想到這一天。

平陽侯更不用說了，他本來就不看重這門親事，嫁出去的女兒是潑出去的水。

再說顧老夫人，她沒想過去勸什麼，左右這條路是顧筠自己選的，不後悔就成。

顧寧還小，什麼都不知道，李姨娘估計一夜無眠。

顧槿性子急，一早就趕過來，坐了兩個時辰的馬車，就希望把顧筠拉回來，誰知道……

「隨妳……我也勸不動，若是以後日子過不下去了再想和離的事也不遲，至於裴殊，多給些銀子也就罷了。我還要回府，就先走了。」顧槿塞了一個荷包給顧筠。「我的一點心意，不多，妳留著應急吧！」

說完，她頭也不回地走了。

按理說最高興的應該是她，可顧槿一點高興勁兒都沒有。在閨中時，顧筠多愛出頭，琴棋書畫樣樣精通，詩詞歌賦信手拈來，以後就要在這個小莊子上過一生。

裴殊配不上她。

顧筠捏著荷包，裡面有五百兩銀票，她追出去，把荷包扔進馬車裡。「若是過不下去，我肯定會找妳，多謝。」

顧槿沒說話，她只是看不懂，想不明白。

「我知道了，妳記著，以前的事，過去就過去了。」

侯府的馬車慢慢駛遠，顧筠帶著綠勺、春玉回去。

春玉低著頭，農家院裡屋子隔音差，她聽見了顧筠在屋裡說的話，心裡說不出是什麼感覺，不過從此之後，顧筠也是她主子。

第七章

中午三人沒回來，顧筠也沒等他們，跟春玉和綠勺吃了午飯。

午飯過後，顧筠小憩片刻，向趙老漢詢問蓋房子的事。

她身上還有一百六十兩銀子，估計當初徐氏想著，她還了賭債，剩沒多少銀子，花十天半月就花完了。

好在裴殊現在不去賭錢，還能賺錢。只不過他們現在住的屋子僅三間，太小了，若是以後有孩子更住不下，所以顧筠才想蓋院子，她沒這方面經驗，不知道要花多少銀子。

城裡的鋪子一間兩進的值三千多兩，鄉下自己蓋房子應該花不了那麼多錢。

趁早把戶籍遷過來，早早把房子蓋好，這才是正事。

趙老漢聞言有些詫異，不過很快就想明白了，裴殊和顧筠畢竟是從城裡來的，住慣了大院子，小屋肯定住不慣。

「夫人想蓋一間啥樣的屋子，這兒買磚買瓦，再請工人，十兩銀子就差不多了。」趙老漢還有好幾個兒子呢！

顧筠問：「只要十兩？」

趙老漢道：「咱們鄉下蓋房子，不跟城裡似的，城裡寸土寸金，蓋房子有講究，鄉下蓋得結實，屋子寬敞就行。我買磚瓦有門路，就花個本錢，橫梁木去山上砍就有，只是要好好曬一曬。家裡這麼多人呢，都不用請人，一天一人幾個銅板，管個飯就成，我媳婦她們能做大鍋飯，啥都是現成的。」

顧筠道：「那就有勞了。」

十兩銀子，她就先拿二十兩出來，力求把房子蓋好一點，自己也住得舒服。

趙老漢笑道：「這又不是啥麻煩事，夫人若有吩咐，直說就是了，我那幾個兒子孫子平日也沒個正經活計，正好了。」

鄉下和城裡不一樣，城內的人讀書識字，遊山玩水；而不讀書的人，年紀輕輕就娶妻生子，碌碌無為一生。

趙老漢覺得自家婆娘說得有理，這兩人看著不像是甘於在莊子裡，他們老趙家跟著裴家，肯定比守著小莊子強。

裴殊回來時天已經黑了，他去筆墨鋪子查帳，還跟著掌櫃的取貨。

鋪子不大，兩進兩出，前頭是鋪面，滿屋的筆墨香味，後頭是製紙的地方，還有很多竹框，留作裝裱用。

鋪子一共六個人，兩個夥計和掌櫃在前頭，三個人在後頭做紙。其中五個男人、一個婆子是一大家子，至於為何一家人做工，裴殊也沒打聽。鋪子生意挺好，按理說，他啥都不幹，鋪子賺的錢就夠以後過日子，但裴殊不是吃軟飯的人。

看完了帳本，他帶著清韻和虎子去街上轉了轉。

四月下旬，蔬菜水果還沒下來，街上賣的東西並不多，裴殊身上還有銀子，他買了幾包種子，還有幾株草莓苗。

等裴殊買完，清韻道：「公子，這些都長不成草莓的……」

草莓是稀罕東西，不是人人都吃得起。而且，這些草莓苗，幾乎不長果子，以前姑娘也買過，根本養不活。

裴殊道：「沒事，我就買來玩玩，要是能結果自然最好，這才幾文錢一株，就算不結果，還能當盆栽。」

顧筠看見草莓苗，沒多說什麼，四月分正是草莓的花期，小白花還挺好看的，不過也沒想著能結果就是了。

要是能結果，豈不是人人都種？

吃過飯，顧筠把家裡的帳本、地契、房契、銀兩，還有清韻幾人的賣身契拿出來，然後招呼裴殊坐下。

「這是家裡的錢，跟你說一聲，別用錢了不知道去哪兒拿。」

裴殊道：「我身上還有錢，再說了，用錢直接找妳不就行了。」

這些都是顧筠的嫁妝，他算是被逐出門戶，什麼都沒有，他也不好意思用這些錢，而且，他還欠七千多兩呢！

顧筠看他一眼。「那我還有不在的時候呢，家裡有什麼，你心裡有個數。」

顧筠一樣一樣數給裴殊看。「咱家現銀有一百六十兩，還有五百多個銅板，牆角堆著一些擺飾，不值什麼錢。

「再來就是我的首飾，大多是金的、銀的，若遇到緊急關頭，可以去當鋪典當。這是她們幾人的賣身契，縱然離開國公府，每月月例銀子也不能少，一人二兩。」顧筠笑了笑。

「也不枉她們跟咱們出來。」

清韻、綠勺是她的陪嫁丫鬟，賣身契就在她手裡。虎子是裴殊的人，但春玉不一樣，她今年都二十三了，沒嫁人，沒個親人，就這麼跟著出來，顧筠心裡不是滋味。

春玉從裴殊出生就照顧他，尤其他生母早逝，若不是春玉……所以月例銀子不能少。

見裴殊點了點頭，顧筠繼續道：「這是莊子的地契，六十三畝，外加一個小池塘，趙老漢他們是我請來幫忙的，不是奴才，早先幫過他們一家，若有事請他們做也是行的，信得過。」

裴殊道：「嗯，我記著。」

顧筠又道：「這是城南鋪子的房契，小工的賣身契，還有帳本都在這裡。進貨，賣貨，記得都很清楚。」

離開國公府，鋪子就是安身立命的根本。

裴殊一一看過。

剩下嫁妝、家具、擺飾都登記在冊，包含昨兒裴殊帶回來的三十隻小雞、十五隻鴨子，這是家裡的東西。

有些東西看著雖小，記與不記都無傷大雅，但是裴殊總覺得，這讓他與顧筠的聯繫又多一層。

顧筠能想到的就是這些，別的日後想起來再添上。

「我跟趙老漢說了一聲，幫忙搭線蓋房子，現在住的地方還是小了一點。屋裡的鑰匙、櫃子的鑰匙都給你一把。」顧筠把鑰匙往裴殊那裡推了推。

裴殊寫的欠條，顧筠也給他看了一眼就收起來了。

裴殊心裡有數。「阿筠，我想了想，就是我賺的錢，不能全用來還欠條上的銀子……」

顧筠挑了挑眉，等著他說完。

裴殊道：「畢竟這是我們的家，我也得賺錢補貼家用，以後賺的錢，一半還錢交給妳，另一半直接交給妳，我若用錢了再找妳支，這樣如何？」

這話聽著讓人心裡舒坦。

顧筠說：「多大點事，聽你的。」

裴殊笑了笑。「我……我知道說再多，也沒做出來管用，但是，我會盡快讓妳過上好日子。」

說完，裴殊抿了下唇。來到這個世界，他只與顧筠相識相知，他不在意別人的目光，但在意顧筠的。他不想讓顧筠覺得自己是一個不懂事，只知道玩，半分都靠不住的人。

晚風輕柔，這個小莊子比城內更靜謐，比澄心院更踏實。

顧筠道：「我相信你。」

離府之後，不用管家，顧筠輕鬆不少。她現在先把筆墨鋪子做好，等攢些銀子再開店，慢慢來，日子總不會太差。

裴殊去餵雞鴨，他親自拌的食物，連顧筠都不讓碰。

這些小雞仔就餵小米拌菜葉，最好有蟲子。小鴨則不用操心，外頭有池塘，能自己下水找吃的。

莊子上也有養雞鴨的人，裴殊怕搞混了，便用顏料在牠們身上做記號，還去找趙老漢學怎麼編籠子。

他一刻都閒不住。

顧筠看著他忙碌的背影微微出神，清韻輕聲道：「姑爺知道上進，夫人就別擔心了。」

或許別人看裴殊做的都是些不著調的事，但是在顧筠眼中，他編籠子、餵雞的事，是圍繞這個家。

「嗯，來這兒不差什麼，妳下去吧！這兩日也累了，好好休息。」

顧筠放下書，跟著裴殊去屋門口編籠子。

裴殊已經編好一個，柳條編的籠子，還有個可以拉的小門，一個籠子差不多放十隻小雞。

那雙養得金貴的手，因為編籠子磨得通紅。

裴殊穿著珠白色的袍子，衣袖和下襬蹭了點灰。袖子太寬，不方便動作，他挽袖露出很白的小臂。

顧筠不知道他是怎麼擰柳條，只見那雙手來來回回，籠子就一層一層編起來了。

顧筠拿起枝條，看了籠子好一會兒，然後一點一點學著擰，結果就七扭八歪。

裴殊沒忍住笑，他以前就編過這個，顧筠還是頭一回呢！

「妳看我的，這樣……」

兩人在夜色燈火下，守著小雞編籠子。

英國公府的氣氛低迷緊張。

自從知道裴殊帶著媳婦搬出國公府後，英國公臉上就沒有好臉色。

他請廢世子的摺子還沒有遞上去，可裴殊連夜出府，擺明是不想當這個世子了。

他不想當，有人想當。

英國公一直屬意裴靖，他勤奮好學，有自己的風範，這才是他的兒子。

然而，英國公還是有些遲疑，所以寫好的摺子，一直放在書房。

他想，只要裴殊回來，低頭認錯，他就原諒這個逆子。

裴靖就算不做世子，他還能拿俸祿，餓不死。

裴殊不做世子，去顧筠的陪嫁莊子住著，他能挨過幾時？他大手大腳慣了，怎麼可能過慣苦日子？

所以，在英國公心中，裴殊早晚都會回頭，故而摺子一直放在書房。

徐氏知道英國公心中所想，可是她更了解裴殊。

裴殊性子死倔，既然出府了，不可能低頭回來，她讓裴靖放寬心，該上職就上職，不要胡思亂想。世子之位，早晚都是他的。

裴靖也爭氣，夫妻倆越發低調，不爭不搶，相比之下，高低立現。

徐氏說道：「裴殊就是秋天的螞蚱，翻不出風浪，不過還是得盯著點，若他日子活不下去，你做兄長的，該幫襯著點。」

裴靖說：「兒子明白。」

徐氏心裡滿意，不過，她皺了皺眉。

裴靖問：「母親，可是有什麼事？」

徐氏說：「裴湘那丫頭，想去那兒看看，我先給安撫住了。」

徐氏倒沒放在心上，她擔心的是裴湘的婚事，太高不好，太低也不好。左右她是繼母，親兄妹，哪能一點都不在意？

裴靖道：「她若想去，母親就讓她去吧，不去一次，就不會死心。」

裴殊待這親妹妹如何，他早有耳聞，裴湘要去探望，裴殊未必領情。做什麼都討不著好。

徐氏道：「說得也是，明日派馬車送她過去，一個姑娘家，得小心些。」

裴靖點了點頭。「那兒子先告退了。」

次日，顧筠就迎來第二個客人，裴湘。

裴湘穿著那件石蕊色的衣裳，就是想給顧筠看一看，畢竟，她還沒好好跟這個新嫂子說過話呢。

顧筠有些詫異，裴湘竟然會過來。「妳兄長一早就出門了，妳進屋坐。」

小姑娘出門就帶了一個丫鬟，她讓丫鬟在外頭守著，跟著顧筠進屋。

三間屋子，還沒她院子的西廂房大，院子前頭用木樁圍著，是小柵欄，裡頭綠油油的不知是什麼菜，還有毛茸茸的小雞仔在找食物吃，看著挺可愛的。

這就是兄長嫂子的新家。

春玉看上去很高興。「小姐過來了，快喝茶。」

裴湘點了點頭。「嫂子，你們以後就住在這裡了嗎？」

這屋子雖然乾淨整潔，可是很小，另一個屋子估計是三個丫鬟住的，室內人一多就難以轉身。

小也就罷了，牆是泥牆，屋子不敞亮，裡面黑漆漆的。

顧筠道：「不會一直在這裡住著，已經準備蓋房子了，到時給妳留一間。」

裴湘頓了頓。「嫂子知道我不是這個意思……」

她倒不至於像顧槿一樣勸他們和離，但是這麼下去真的不行。

「為什麼不低個頭認錯呢？在這裡總歸不像在國公府。」裴湘一臉擔憂。

按理說，她不該說這些，她同兄長交流不多，並無多少兄妹之情，可血濃於水，她該勸一勸的。而且，為這身衣裳……

裴湘道：「父親在氣頭上，他不求兄長做什麼事，只要不賭錢、不喝酒就成。」何必多此一舉去擺攤賣東西呢？

顧筠問她。「妳也覺得妳兄長賣切糕是錯的嗎？」

裴湘搖頭。「我沒這麼覺得……兄長從前那個樣子，能去賣切糕，知道賺錢養家就很不錯了。可父親不這樣想，世家公子都是讀書練武，他對兄長期盼太高了，一點點磨沒了……嫂子，妳看世家公子有哪個做這些事，只有市井商販才會擺攤賣東西賺取家用。兄長是世子，父親不願看他做那些。」

就算欠了賭債，只要保證不再犯了就好。

顧筠道：「他做什麼我不覺得丟人，總不能要求他去讀書考功名，他多少年不讀書了，說那些都是廢話。士農工商，攤販的確低人一等，我改變不了父親的觀點，這世子之位不要也罷。」

裴湘知道自己勸不動，她低著頭，神色有些低沈。「那以後呢，以後怎麼辦？」

顧筠鬆了口氣。「我有一間鋪子，每月有幾十兩銀子的進帳，再想想做什麼生意……阿湘，在此之前，我有一件事拜託妳。」

裴湘微微坐直了些。「什麼事？嫂子直說就是了。」

顧筠道：「妳這身衣裳是石蕊色，這身料子不是從外面買的，而是國公府的鋪子染的，染料是妳兄長調配的。」

與其便宜徐氏他們，還不如給裴湘。

裴湘是真沒想到，這料子是兄長染出來的，兄長竟然能染布！

「那嫂子的意思是……」

顧筠說：「妳年紀不小了，也該學著管家理帳，而且，嫁妝也得攢著。」

裴湘明白顧筠的意思了，嫁妝從公中出，她只要把布坊要過來，以後賣布肯定能賺大把銀子，而且還能幫襯兄長。

裴湘道：「我明白了，我會盡力做好。」

她原也沒打算指望兄長，現在就自己試一把，不然兄長的心血就白費了。

中午，裴湘留下吃飯，顧筠準備做燉雞，但她不會殺雞。

清韻跟著裴殊出去了，虎子不在，春玉跟綠勺也沒殺過雞，裴湘更沒殺過。

顧筠提著雞，去了趙老漢家，拜託他幫忙處理，將雞肉剁成小塊，裝了一盆。

白氏端著盆子過來，還提了一籃馬鈴薯。

「夫人，雞塊跟馬鈴薯一塊兒燉，好吃。前頭院子裡有菜，缺啥摘啥。」白氏年紀大了，兩鬢銀白，走路卻穩當，看著精神抖擻。
顧筠道了謝，白氏笑得慈愛。
雖然顧筠成親了，可年紀跟她孫女差不多大，又是他們東家，自是能幫一點是一點。
顧筠端著雞肉和馬鈴薯進屋，裴殊還沒回來，春玉和綠勺已經準備燒火做飯了。
就一個灶臺，只能下頭燉菜，中間隔一個蒸屜，上頭蒸飯。
顧筠捋起袖子準備燉菜，她的手藝好，做菜比綠勺她們做得好吃。
雞肉先過水焯一遍，然後熱鍋，放油，炒糖，把每塊雞肉裹上糖色之後放涼水，加入蔥薑蒜末等香料燉煮，上面加個蒸屜，再把米飯蒸上。
裴湘也學過做菜，但是國公府哪用得到她下廚，看顧筠這樣，竟覺得還不錯。
「嫂子都是自己做嗎？」
顧筠蓋上鍋蓋。「有時妳兄長也會做。」
裴湘更吃驚了，不過她沒說什麼，兩人過日子，那就是他們兩個的事，嫂子能跟隨兄長離開國公府，這種氣度就讓人佩服。嫁雞隨雞，嫁狗隨狗，這話說得好聽，可又有幾個人能做到？
飯好之後，裴殊還沒回來，顧筠看他中午應該不回來了，就盛出一些雞肉起來放，這才招呼裴湘吃飯。

顧筠的廚藝很好，好像就沒有顧筠不會的東西。裴湘低著頭安靜吃飯，快吃完的時候，她道：「嫂子，我回去之後會把布坊要過來，無論如何。」

國公府的產業，她只要布坊，那裡有兄長和嫂嫂的心血。

回到國公府後，裴湘就被叫去正院問話。

徐氏對這個繼女一向寬厚，畢竟寧氏的兩個孩子，養廢一個是自己的問題，養廢兩個就是她的問題了。

只不過，裴湘溫柔嫻靜，不是爭強好勝的性子。

徐氏問了裴殊在莊子過得怎麼樣，裴湘只道兄長不在家中，她同顧筠說了會兒話，吃了一頓飯。

徐氏皺著眉道：「不在家中……怎麼不在呢？他剛離開國公府，不安生待在家中還出去亂轉。」

裴湘聽這意思有些不對，難道說徐氏以為兄長又去喝酒賭錢了？

徐氏就是這麼想的。

裴殊離開國公府才幾天，就又忍不住，果真是浪蕩子，不能指望什麼，若是把國公府基業交到他手上，能撐得住幾年？

「這……妳下次再去看一看，也勸一勸。我是繼母，他未必聽得進去，但妳不一樣，妳是他親妹妹，總會聽進去幾句。」徐氏一臉溫善笑意。

裴湘點了點頭。「多謝母親。母親，女兒有一事相求。」

徐氏眉毛微挑。「有事直說便是，何苦用求這個字。」

裴湘道：「女兒這麼大了，眼看就要嫁人了，看兄長這樣，更明白嫁人之後，只靠夫君怕是不行的，所以想多學一學管家本事。我知道家裡有間布坊，母親，能否把布坊給我做嫁妝？」

徐氏為人謹小慎微，她沒想到裴湘一開口就是要間鋪子，她上午剛去過裴殊那兒，難不成有什麼隱情？

可就一間布坊，平日又不賺錢，估計裴殊這個兄長真讓裴湘放不下心。

想想也是，誰要是有這麼個夫君，不得呼天搶地，哪會像顧筠那麼傻。

徐氏點點頭。「也好。母親也會多多留意，有哪些德才兼備的公子。」

她取來布坊的房契，親手交到裴湘手裡。「我知道我是繼母，你們對我有隔閡，可是做後娘難，我對不住妳哥哥，也對不住寧姊姊，但妳得信我沒有壞心思……」

徐氏道：「妳兄長主意大，很多時候我都不知道該怎麼對他，只能勸著妳父親，哎……說這些妳恐怕不信，以後妳想要什麼直說，我都會儘量滿足。」

裴湘點點頭。「多謝您。」

她不介意徐氏說什麼，只要拿到布坊就好。她想為兄長嫂子多分擔一些，孰親孰疏她分得清，哪怕徐氏沒做過什麼壞事。

拿到布坊之後，裴湘立馬過去一趟。主子換了，裡頭工人肯定知道。

裴湘認了人，問起新布的情況。

掌櫃道：「還得兩日，做工細，急不得。」

裴湘說：「那過兩日我再來一趟。」

掌櫃小心地看了眼裴湘的臉色。「小姐，世子真的被……」

他都聽說了，裴殊世子之位被廢，連夜搬離國公府，以後怕是都回不來了。

雖然不知道是真是假，不過裴殊好幾天沒來過布坊了。

裴湘道：「兄長的確不在府上了，若是日後要新料子，應該還會過來。」

她這樣說是告訴掌櫃，兄長還會過來，哪怕世子之位沒了，但新料子是他染的。

掌櫃欸了一聲。「裴公子能染布，以後就餓不死，嘿，幹啥都能活。」

話是這麼說，可做了十八年世子，一夜被廢，哪受得了，裴湘沒見到兄長，心裡還是擔心。

嫂子說他去看鋪子，可別是去酒館賭坊啊。

裴殊下午才回來，他又搞一堆種子回來，還拉了一車木料，有大有小，有長有短，一車才一百文錢，他手裡還有九兩多銀子。除了這些，他還買了帆布、錘子、釘子，剩下的工具就找趙老漢借。

顧筠看見這麼多東西，一臉目瞪口呆。

裴殊解釋道：「阿筠，妳看這些，應該能做個暖棚，雖然天氣要變熱了，但是提早做出來可以冬日用，種些青菜，咱家吃不完就賣錢。而且東西都便宜，我還有九兩多銀子。一會兒我就去搭棚子。」

「剛回來也得歇會兒。」顧筠看他一頭汗。「裴湘上午過來，中午跟我們一起吃過飯了。你在外頭吃過了嗎？我留了肉給你。」

雞塊、米飯事先放在大鍋裡溫著，顧筠走進廚房把它拿出來。

裴殊坐下來，邊吃邊說道：「街上生意多且雜，做什麼的都有，就像布坊一樣，跟著他們做很難賺到錢，我想試試看能不能種出稀罕東西來。」

裴殊大口吃著飯，啃了一大口雞腿。顧筠做的菜好吃，馬鈴薯綿軟入味，但是，這些馬鈴薯，不及他以前研究的十分之一好吃。

怕顧筠懷疑，裴殊解釋道：「我別的不會，又沒讀過多少書，認字沒問題，考功名就別指望了，生意上一竅不通，我做，妳賣，咱們男女搭配，幹活不累。」

顧筠嫌他胡謅，可看他這一臉汗，髒兮兮的，又心疼他。

只要裴殊不去賭，她什麼都答應。

「好，快吃吧，明兒把那隻雞也燉了。」

自己過日子，才明白錢財來之不易。

裴殊嘿嘿笑了兩聲。「吃完我就去幹活。」

太陽微微西沈，裴殊把木料全都搬到屋門口，虎子在一旁打下手。

別看裴殊細皮嫩肉的，幹起活來還挺像回事。

將木料鋸成木板，然後釘成半尺高的長方形木筐，底下釘著一排排兩指寬的木條。

裴殊解釋道：「我看書上說，菜的根是從土裡吸收養分，就像人吃飯一樣，只吃能夠讓它長大的東西就行，別的用不到。」

顧筠靜靜聽著，時不時還幫裴殊遞過去一塊木板。

裴殊道：「打個比方，土就像盤子，土裡的養分和水分就像盤子裡的菜和湯，妳看這個……」

長方形的木筐，下面一欄一欄的，植物可以把根伸下去，直接吸收養分。這樣減少土壤的使用，方便搬運，更好利用空間，種更多菜。

裴殊道：「不用盤子，也能吃飯，興許還能吃得更好。」

顧筠從沒見過這種，種菜都是在地裡，不用土，那怎麼可能種出來？

「什麼菜不用盤子吃得更好？」

裴殊道：「燒雞，肘子，點心……」

顧筠沈默。「……」

她把木框拿過來看，興許裴殊說的是對的，只是也得種出來才知道。

「你是從哪本書上看見的？有這種書，那很多人應該都用這個法子種菜吧。」

裴殊不知該怎麼解釋。因為後世土地稀少，人口眾多，需要大量蔬菜卻沒有地方種植，才研究出這種法子。而且，無土栽培更有利於研究。培養皿中加入各種元素，方便更換，觀察直接。

「唉，誰家都有地，哪用得著這法子，而且我看還挺難的，不一定能弄出來，姑且一試，反正種子、木料都便宜……就算不成也沒啥。」他眨巴眨巴眼，對顧筠討好一笑。「妳說是吧？」

眼下莊子有地，不愁吃穿，賺錢也是為了將來，要是以後有了孩子，用錢的地方更多，就是這會兒裴殊身子還沒養好。

顧筠有些慶幸，還好沒孩子，不然得跟他們過這種日子，雖然不算苦，可是比起在國公府，還是差了一些。

她答應裴殊的香囊還沒做，裴湘那裡不知道怎麼樣了。

「夫君，上午妹妹過來，說要把布坊想辦法討過來。」顧筠可以什麼都不要，但是染料不能便宜徐氏，她可不想裴殊辛辛苦苦做出來的東西，讓徐氏賺大把銀子。

裴殊愣了愣。「嗯，這些事妳安排就好。裴湘那裡是我虧欠她，母親早逝，嫁妝都讓我敗完了，以後我還完欠條上的銀子，要是還能賺錢就給她一些吧。」

肯定得先還顧筠的錢，別的都不急。

顧筠笑了笑。「你就這麼一個妹妹，我看阿湘很擔心我們，布坊交給她，我也放心。」

就怕徐氏知道新料子之後反悔，不過那個時候木已成舟，想來不會出什麼亂子。

裴殊道：「我離開國公府，幫不了她太多，日後她成親，我幫忙把關就是了。」

一共做了六個木筐，太陽就落山了，紫紅色的雲霞連成一片。裴殊搓了搓手，把工具放到一處，碎料子就收起來當柴火燒。

第八章

晚上是用雞湯煮麵，裴殊露了一手。

揉好的麵團在裴殊手裡特別聽話，搓圓揉扁，慢慢成了長條，又成了細麵。雞湯沒那麼多，裴殊往裡面加了水，等湯滾開了，再下麵。

「阿筠，妳看。」

看外頭，已經送來磚和沙土，趙老漢說明兒就能開工。

蓋房子一事，就靠莊子上的男丁，一人一天給十個銅板，包含中午一頓飯。

顧筠請託白氏做飯，一道葷菜，主食是饅頭，吃起來方便。

她一早就讓虎子買肉，一天兩斤，每個人都能吃上幾口。

顧筠只有那麼多錢，有多少錢辦多少事，她不想裝闊，所以還是精打細算，連磚頭、泥沙的錢都記在帳上。

住宅基地離現在住的院子不遠，就幾十步的距離，院子兩進兩出，坐北朝南，正房三間，左右廂房各兩間。光看基地面積，屋子應該挺大的。

不知道會在這裡住多久，興許賺錢多了就搬回城裡，也興許這輩子都住這裡了。

裴殊等著麵煮熟，灶臺旁邊很暖和，再過一陣子天就熱了。

他來這兒沒多久，成親才十多天，但是就好像過了許久，顧筠……就是他妻子。

「熟了，熟了，快來吃飯，給妳多盛點。」裴殊彎腰撈麵。「嚐嚐，好不好吃？」

人多熱鬧，顧筠捧著碗去飯桌上，春玉等人趕忙去端碗。

裴殊做飯是為了顧筠，他們下人幾個蹭著吃是沾光。

裴殊做的麵是真的好吃，麵條軟又不失勁道，雞湯香而不膩，青菜顏色依舊翠綠。

顧筠先喝了一口湯，她趁著裴殊低頭吃麵的時候看他，明明累了卻還是下廚煮麵，他真的變了。

顧筠不在乎裴殊能不能種出菜來，就這樣過日子挺好的。

吃過飯後，裴殊又去釘板子，需要做一個盛水的器皿，長寬跟木筐一樣，到時候把木筐放在這個上面，根就能穿過縫隙吸水。

裴殊先把草莓苗放進來，又泡了點油菜、菠菜種子。

無土種植對植物高度有要求，像豆角、黃瓜這些需要架子的植物肯定不行。

做完這些，裴殊去打水洗臉，晚上冷，水還涼，他可洗不了涼水澡，而且這兩天勞動下來，腿疼腰瘦的，他得趕緊去睡覺。

顧筠已經把床鋪好了，屋子小也有小的好處，擠一些顯得溫馨。「夫君，快休息吧。」

同床共枕這麼多天，裴殊還是不太習慣，尤其今天顧筠特別……

裴殊把手上的水擦乾。「那我吹燈。」

燈光一滅，地上只有月光，顧筠睡裡面，裴殊睡外面，兩人蓋的還是大紅錦被。

顧筠穿著中衣，長髮披在肩上，有些散在被子上和枕邊，裴殊怕壓到。

躺下，裴殊平復了一下心情。「快睡吧，明天我就不出去了，在家弄種子。」

顧筠道：「明天該蓋房子了，讓虎子和春玉看著點。分家就是這兩天的事，應該不會分給咱們什麼。」

顧筠翻了個身，側身看向裴殊。「夫君別擔心，有句話叫做授人以魚，不如授人以漁。咱們能賺錢，比起那些產業好得多。」

裴殊道：「我不覺得自己差了什麼。」

顧筠想握住裴殊的手，想安慰他，畢竟被親生父親那樣說肯定會傷心。她手從被子下面伸過去，誰知摸了半天，也沒找到裴殊的手在哪裡。

「夫君？」

裴殊拉住顧筠的手，咳了兩聲。「這兒呢。」

他想說別亂摸，又怕顧筠瞎想。他好歹也是個正常男人，又不是真的不行，顧筠也不能因為他說不成，就全然信他。

他不是禽獸啊！

手握在一塊兒，顧筠慢慢睡過去。裴殊冷靜了好一會兒，他告訴自己，顧筠信他，才這麼毫無防備地睡在他身邊。

就算這個時代所有人都是早早結婚生子，但是為了顧筠好，他得等。

這個傻姑娘。

四月二十一，英國公請廢世子的摺子被聖上批准，裴殊成了普通公子，而英國公並未為裴靖請封。次日，英國公分了家，算是把裴殊逐出裴家了。

裴殊夫婦為了處理戶籍，在場見證了一切，英國公這次是狠下心，什麼都沒給他。

英國公看著裴殊夫婦，眼中有怒氣。「你看看離開國公府後，還有沒有人看你一眼。那些人是因為你這個人，還是因為國公府而討好你？如今你什麼都不是！」

裴殊道：「就算餓死，我也不會到您面前乞討。」

英國公氣得滿臉通紅，他指著裴殊，話都說不索利。「逆……逆子！」

徐氏拍著英國公的胸口，不贊同地看了裴殊一眼。「三公子，你也少說兩句，這個時候非要逞什麼強……」

裴殊定定地看著徐氏，原身的記憶有些亂，但徐氏並不是一個慈愛的繼母，英國公也不是個合格的父親。

裴姝拍了拍顧筠的手。「走吧。」

離開國公府，只有裴湘追出來，顧筠過去說了兩句話，就讓她回去了。

裴湘遠遠地看著兄長和嫂子，嘆了口氣。

兄長既然能染布，應該不會困於生計，更不會去乞討。就算兄長他們活不下去了，還有她呢！

她要攥緊布坊，別的她可以不要。

這回算是事成定局，無力回天了。

徐氏感覺渾身舒暢，忍了幾年，多少個日日夜夜，終於得到了這個結果。

徐氏把兒子叫過來，仔細叮囑一番。「裴遠不足為慮，世子之位必然是你的，就怕你父親心軟，又給裴姝機會。」

裴靖道：「母親說得是。」

徐氏道：「這些日子你要好好上職，讓你父親知道，論才學，你不輸任何人，你才是最合適的世子。」

裴靖明白這些道理，不然也不會用功讀書，把裴姝遠遠甩在後面。

「母親放心，讀書不是一蹴而就的事，孩兒寒窗苦讀數十年，才走到今天這一步，裴殊就算突然開竅，也不可能趕得上。」這點裴靖還是有把握的。

徐氏一臉慈笑。「我放心，這事就算過去了，你也不要總想著，好日子還在後頭，你跟他比，不是自降身分嗎？他能有什麼出息。你父親說得沒錯，沒了世子這個身分，他什麼都不是。」

以後成天和莊稼打交道，慢慢地，誰還記得他？

他過慣舒坦的日子，怎麼受得了那種面朝黃土背朝天的生活？不過，顧氏有地有錢，還是比大多數人好過就是了。

離開國公府後，顧筠和裴殊去街上閒逛，春玉幾人就先去鋪子等著。

顧筠擔心裴殊難受。「夫君……」

「在呢，怎麼了？」

顧筠道：「買些點心帶回去吧，再置辦點家具。」

裴殊點頭說好，只不過五香居的點心太貴了，那麼幾塊就要好幾兩銀子。若是以前，他肯定二話不說就買了。

裴殊身上還有九兩銀子，想了想還是買了一匣子點心，裡頭有六塊，總共三兩銀子。

兩人拎著點心離開五香居後，顧筠帶著裴殊去布莊，挑了橙色的絲線。她答應過裴殊，要繡老虎香囊，顏色要自己配。

四月二十七，顧筠終於把香囊繡好，她照著虎頭鞋的樣子，在香囊正面繡了老虎，背面繡一片翠竹。絡子是墨綠色，還配了墨色的珠子，可以戴在腰間。

這幾天她忙著繡香囊，倒沒管過裴殊，趙老漢他們已經打好地基了，除此以外，還搭了一個小棚子，裴殊說他有用。

顧筠進去看過，裡面擺著那天他做的木筐，一個摞著一個，擺得很高。

木筐裡是一片綠苗，裴殊買來的種子已經發芽了。種子沒在土裡，而是在木筐裡鋪了一層沾水的紗布，種子撒在紗布上，隔一陣子就灑些水。

至於灑多少水，隔多長時間，顧筠就不知道了。

看著那些幼苗青綠，令人欣喜。

還有，上回裴殊帶回來的草莓苗，花已經謝了，花苞那裡光禿禿的，不知道能不能長出草莓來。

裴殊說能，他自己人工授粉，就算結出來的草莓不大不甜，但肯定有果子。至於長出果子，再施肥，輔以光照等條件，果子肯定好吃。

裴殊對這些事爛熟於心，等今年秋收，他再選種育種，這麼一想，事兒還不少呢！不過當務之急是培育草莓、青菜來賺錢，等房子蓋好了，若還剩下邊角料，再問顧筠能不能拿來蓋棚子。

裴殊現在一門心思在地裡，驚覺時間過得飛快，看見香囊還恍惚了一下。「做好了？還挺快的。」

顧筠笑道：「已經五、六天了，看看合不合心意。」

「妳做的肯定合心意。」話雖這麼說，裴殊還是前前後後仔細看了一遍。「這是妳送我的第一件東西，四月二十七，我得記下來。」

顧筠道：「只是一個香囊而已……」

「香囊怎麼了？妳送我的第一件東西，鐵定要記得。還有四月初三，我們大喜的日子，以後每年這天都要慶祝，還有其他重要的日子都要記起來，這樣日子就有期盼、驚喜可言。」裴殊腦袋好使，肯定不會忘。

顧筠心裡有些觸動，她生日在臘月，裴殊在九月，還遠呢，但是聽裴殊這麼說，她覺得有道理，這些日子都要記著。

「夫君言之有理，那咱們互相提點，明年這個時候我還給夫君繡個香囊。」顧筠拉著裴殊坐下，這麼多天下來，看裴殊又瘦了。

人一天吃三頓，他們在莊子上，自然沒有在國公府吃得好。

顧筠有些心疼他，想了想。「那今兒讓虎子去城裡一趟，割點羊肉，咱們吃頓羊肉餡餃子？」

一斤羊肉三十文錢，五斤也才一百五十個銅板，而且羊肉對裴殊身子好。

裴殊可沒想那麼多。「好啊，再讓他買點芝麻，我做頓麻醬餃子，包准妳忘不掉。」

顧筠可沒吃過麻醬餃子，那能好吃嗎？

很快地，顧筠就知道好不好吃了。

稍晚，裴殊在廚房忙活，顧筠過去打下手，她不用春玉她們幫忙，畢竟夫妻之間，兩個人一起做事，也有幾分情趣。

顧筠見裴殊做飯已經習慣了，看他捋起袖子，露出半截精瘦的手臂，竟覺得還挺好看的。從前裴殊肩不能扛、手不能提，身上瘦且白淨，弱不禁風，現在每天扛著木頭來來回回，幹不少活，身上就結實了。

結實好，身子養好才能要孩子。

顧筠時不時看裴殊一眼，只見裴殊拿不穩磨盤。

這磨盤是虎子剛從街上買來的，有兩隻手那麼大，可以磨點小東西。

這趟買了五斤羊肉、兩斤骨頭，還買了一大袋芝麻。而小蔥、青菜和調料家裡都有，倒是不用買。

虎子將食材買回來之後，裴殊就緊趕慢趕地磨芝麻醬。

糧倉裡有花生，裴殊讓虎子剝皮炒熟，搓掉裡面的紅皮，等放涼之後又磨了花生醬。

一時之間，屋裡全是香味。

顧筠道：「這也太香了。」

裴殊手腕有些瘦，他舀了四大勺芝麻醬、兩勺花生醬放碗裡，敲了一下顧筠的腦袋。

「去，用水拌開。」

顧筠狐疑地去拌芝麻醬，加了水之後醬由濃變稀，她坐在一旁，香味直往鼻子裡鑽。

顧筠在做這個，裴殊也沒閒著，他又拿了碗，調配醬料。

四小勺醬油，一點香料，小勺糖，一勺鹽，半勺辣椒，兩勺白芝麻，又切了新摘的青辣椒，加了點水攪勻。

再熱鍋燒油，等油熱了之後，這些料往上一澆，剎那間，噼哩啪啦的油花迸裂聲，緊接著香味就把芝麻醬的味道蓋過去。

顧筠也拌好麻醬了，不稀不稠，用筷子攪一攪，像綢緞一樣順滑。

裴殊當著顧筠的面，把剛煮好的醬料倒進芝麻醬裡。「接著拌，我煮餃子。」

餃子已經包好了。

羊肉先用酒醃漬去腥，然後剁碎，加香油、鹽、蔥花調味，包成肚兒渾圓的餃子。燒水等餃子下鍋，顧筠這等不重口腹之慾的人也饞了。

沒想到，裴殊竟然會包麥穗餃子，一顆顆可好看了，他說待會兒煮好了，把麥穗的餃子都給她，寓意今年豐收。

顧筠覺得這人真是迷信，明明都是一樣的餡，不過她還是想吃裴殊親手包的餃子。

也不知尋常夫妻是不是會一塊兒做飯，妻子打下手，丈夫主廚？

餃子還有一會兒才熟，他們包了一百五十顆，六個人一人吃十五顆，剩下的可以晚上煎著吃。

顧筠還想拿一盤給趙老漢家裡，他們算起來是鄰居，自然要好好相處。

裴殊也不過問這些事，由顧筠作主便是。

煮熟的餃子，一顆顆肚子鼓了起來，皮薄餡多，能看見裡頭粉色的羊肉餡。

芝麻醬擺在桌上，一人分了幾勺，餃子裝在盤子裡，虎子送了一碗給趙老漢家。

顧筠有存錢，能買肉，可趙老漢家人多，又要供孫子讀書，所以一年到頭吃不了幾回肉，更別提純肉包的餃子了。

顧筠挾著餃子在麻醬裡滾了一圈，送到嘴裡嚐到麻醬的香味，芝麻粒有點辣，還有點甜，可太好吃了。就這麻醬，蘸什麼都好吃。

羊肉餡也好吃，軟爛不失嚼勁，羶味不重又沒失了羊肉的香味。

裴殊餓了，低著頭吃餃子，兩口就一顆。

顧筠想得多了點，這麼好吃的東西，擺攤也能賺錢吧？

而且這羊肉餡，羶味小，不失鮮味，蘸著麻醬，顧筠能吃十一、二顆。她以前吃餃子，不過吃六顆。裴殊以前肯定沒少去館子，竟然能弄到這麼好吃的醬料。

就是不知道別人家有賣嗎？這門生意要是很多人做，那就不成了。

裴殊舔了一下嘴角的芝麻醬。「出去賣？行啊，肯定比我那切糕好賣。」

切糕顏色好看，吃個新奇，不能當飯吃，餃子不一樣。

瞧顧筠，想生意都比他強。

裴殊一門心思都在研究上，也能賺錢，但是心思沒有顧筠活絡。

顧筠才多大啊，十六歲的小姑娘，他十六歲的時候在幹啥？一門心思讀書，除了獎學金，沒拿過別的錢。如今去賣麻醬餃子，他是一百個願意。

裴殊道：「那我把芝麻醬的方子寫下來。餃子肯定不能只賣一種餡，再做點別的餡。」

顧筠眼睛一亮。「還有別的餡？」

顧筠吃過羊肉餡、豬肉餡、三鮮餡，別的餡是什麼味道？

裴殊隨口說了幾種。「豬肉香菇、豬肉玉米、韭菜蝦仁……」

一聽這餃子餡可多了，顧筠覺得這生意能做。

雖然是一時興起的念頭，但要做生意還得從長計議，事先預備齊全了。可不能推個車、擺個鍋就貿然前往，最後要麼賣不完，要麼不夠賣。

除了原料之外，還有地點，到底是租店鋪還是推車賣，以及誰去賣，多少個人去？

顧筠打算從春玉他們幾個人中選一個，再從趙老漢家裡挑幾個。

自然不會讓他們白幫忙，顧筠想的是，分他們二成利。

裴殊出方子，幫忙的人也有，二成利不少了。

到晚上，顧筠把這事跟裴殊商量。「趙老漢家有三個兒子，媳婦也都在，我看一開始做生意的時候用兩個人就成，咱們這邊再出一個，先讓虎子去吧，他是男子，能擔當這些事。明兒把料備齊，芝麻磨成芝麻醬，再弄點花生醬。那個磨盤太小了，問趙老漢有沒有大一些的。」

裴殊覺得挺好的。「那我看著弄點別的餡，這兩天咱們家先吃餃子。」

有道是開源節流，他們現在只靠筆墨鋪子，還是得想其他法子賺錢才是。

顧筠道：「要我說，先擺個小攤，兩人包一人煮，收錢的話弄個錢匣子，都盯著點就沒事。餡兒還是新鮮的好，馬上天氣就變熱了，提前包的話，我怕放不久。早點去買肉，等生意穩當了，再大量買。鍋子也得重新打造，打成漏勺那種，因為餡料不一樣，每一鍋煮的也不一樣，再去鐵匠鋪子問看看。」

裴殊都沒想過這些，顧筠比他心細。

顧筠一邊想一邊拿筆記下來。「每天用多少斤餡料，客人最愛吃哪樣都要記著，到時候就多賣一點。柴火也不能忘，鍋碗都得刷乾淨，最重要的就是味道，麻醬方子咱們可不能外洩，春玉她們都是嘴嚴的，虎子那裡你再囑咐幾句。」

來這兒也有幾天了，春玉幾個就幹點活，總共三間屋子，就算一天打掃三遍，那麼點活也幹完了。

清韻平日還能跟裴殊去鋪子，春玉和綠勺除了那次回國公府辦戶籍之後，就沒出去過，因此她們也想去賣餃子。

顧筠說：「等生意做大了，再讓妳們過去，不是說要磨麻醬嗎？那也是事，妳們去磨芝麻，累了就換人。」

顧筠想讓裴殊和虎子幹體力活，家裡就一輛馬車，誰出去就坐馬車，肯定不能拿來擺攤。

幸好城裡還有鋪子，先把東西弄過去，以後晚上就把車放那兒。

一輛推車，一口大鍋，一捆柴火，加上餡料和麵團，放在鋪子裡取東西也方便，還方便取水。

這些計劃好，顧筠讓裴殊明早去趙老漢那兒一趟，畢竟他是男人，家裡的頂梁柱，這些大事不該每次她去說。

裴殊點頭應了。「我看挺周全了，想不到的以後想起來再添，妳早點休息，明兒一早我就去。」

顧筠眨眨眼。「那你呢？你不睡呀。」

裴殊吃了羊肉，他……一點用都沒有嗎？

裴殊道：「我去棚子裡給種子灑遍水，回來就睡，妳去床上等我。」

「嗳。」顧筠抿了下唇。「要不，我還是跟你一塊兒吧！」

他們三間屋，後頭就是黑漆漆的田地，她一個人有點害怕。

對顧筠的任何要求，裴殊都沒法拒絕，只不過，這小姑娘離他太近，入夏了，天熱，他一動就是一身汗。偏偏顧筠的呼吸就掃在他脖頸旁，讓他有點躁得慌。

摸著涼涼的水，熱意也沒降下來。灑完水，裴殊打了井水梳洗，才涼快下來。

顧筠早晚梳洗都用熱水，見他用井水，如今入夏了，水也涼，他不覺得涼嗎？

顧筠仔細觀察裴殊的神色，不錯過任何一個表情，她感覺到裴殊今晚真的不太一樣。

「睡吧。」裴殊吹了燈，褪了鞋子上床。

一上床，那股熱意又上來了，他張嘴呼了幾口氣，胸口就搭上來一隻柔若無骨的小手。

剎那間，裴殊打了個顫，反射般抓住了顧筠的手。

顧筠聲音細細柔柔的。「夫君？怎麼了……」

裴殊是男人，哪能不知道自己是怎麼回事，夜裡黑，什麼都看不見，他怕顧筠不小心碰到。

「我突然想起來，咱們新家，鋪木地板吧，而且在家裡每回脫鞋、穿鞋也麻煩，妳看看能不能做幾雙在屋子裡穿的鞋……」

「哦。」顧筠又道：「聽你的，鋪木地板還沒見過呢！你明天再跟我說，夫君，入夏了是不是熱了……」

她有兩隻手，被抓住一隻還有一隻呢，顧筠側過身，另一隻手也搭在裴殊身上。

裴殊身子僵了。「我不覺得熱，快睡吧，真等熱了就睡不著了。」

顧筠嘆了口氣，她忘了這一件事，以前夏天的時候，侯府有冰，每年夏天都不覺得多熱，國公府肯定也有。夏天的冰，冬天的炭，離開國公府就什麼都沒有了。

沒事的，跟裴殊在一塊兒就行。

顧筠想東想西，很快就睡著了，可是裴殊躁熱得睡不著。

他在心裡默唸三遍「我不是禽獸」，等那股熱意降下去，才沈沈睡去。

第九章

次日一早，裴殊趁著天沒亮，就去給種子灑了遍水，然後又回來補回籠覺。

一大早，還是躁熱難耐，再加上昨晚睡得晚，裴殊臉上懨懨的。

顧筠不知道這種反應是不是因為羊肉，她想先緩一下，下回再試，就知道了。

今兒事多，沒時間搭理他。

吃過早飯，裴殊去了趙老漢家商量生意的事。

白氏喜出望外，從箱子底下翻出茶葉泡了一杯給裴殊。「成成成，用不著二成利，一成就行！」

裴殊只把顧筠吩咐的事辦好。「我夫人說兩成就兩成，老夫人找兩個人來幫忙就成，日後若是缺人還得煩勞您呢！」

白氏聽著嘿嘿一笑，她哪是啥夫人，就是個鄉下婦人罷了。

「那成，我們商量商量，過會兒讓老頭子帶著人過去。」

二成利，假如一天賺一百文錢，二成就有二十文呢！

幫裴家蓋房子，她那幾個兒子一天一個人才十文錢。

她一個閨女已經嫁人了，三個兒子都娶媳婦了，再加上兩個孫子、三個孫女，一家十三口，十三張嘴呢！

不會賠本的買賣，誰不答應？賺錢的門路那是求神拜佛都弄不來的。

白氏把裴殊送走，還說了兩句好話，關上門，三個兒媳眼巴巴看著她。「娘，讓誰去啊？」

裴殊不說這事的時候，白氏和三個媳婦就幫忙做工人吃的大鍋菜，其實做飯用不著那麼多人。

白氏道：「老二和老三媳婦去，老大媳婦跟我在家做飯。以後裴家房子蓋好了再說別的事。裴夫人心真善，這種事也想著咱們，妳們可得機靈點，別讓人家挑出錯來。」

三個媳婦低頭應是，趙家由白氏作主，誰去賺錢都是交給白氏。

裴殊把顧筠吩咐的事做好，就去研究餃子餡了。

後世的餃子可是什麼餡料都有，羊肉大蔥、豬肉大蔥、韭菜雞蛋、豬肉香菇、豬肉玉米、番茄雞蛋……

他做的餡料食材肯定來自莊子，但是莊子上沒有香菇，得去城裡買。

稍晚，虎子去城裡買來香菇。

裴殊把香菇的根部處理過後，剩下的讓春玉洗乾淨切成丁。

他調配了四種餡料：羊肉大蔥、豬肉大蔥、豬肉香菇，還有一個三鮮。三鮮裡可不止三樣，裡頭有韭菜、雞蛋、蝦米，還有木耳、豬肉沫，聞起來香極了。他們賣一份餃子十五顆，每份餃子配兩勺麻醬。

顧筠覺得這定價挺便宜的，若在盛京城賣，買得起的人應該不少。

但是白氏知道後覺得定價高，畢竟誰家不會包餃子，哪用得著去街上買來吃，這生意估計做不下去。

白氏的兒媳婦試探著道：「娘，要不去裴家說？」

「怎麼說？」白氏發愁。

一來趙家是裴家雇來的，跟奴才差不多，他們當奴才的哪能說主子的不是；二來他們還跟著裴家做生意，感激都來不及了，哪能說啥。

不過啊，她活了大半輩子，還沒見過賣餃子的人，家家戶戶都會做的東西，誰會出去買？

白氏道：「妳們好好幹，幸好這是按分成來，要是賺不到錢，妳倆可不能要啥。」裴家都是實在人，若是生意不賺錢，他們可不能要工錢。

五月初一，一切準備好，虎子駕著馬車帶著白氏兩個兒媳婦，一大早趕到城裡的筆墨鋪子。

將近一個多時辰的車程，三人到了之後沒歇著，趕緊把鋪子裡的推車，連帶著鍋碗之類的用具一起推到街上，就在最熱鬧的巷口擺攤。

這裡人多熱鬧，胡同巷子賣的都是滷味、燒雞等吃食，一個餃子攤倒也新奇。

到了攤位，三人動作不停，先把招幌架了起來。

上頭四個大字簡單明瞭，「麻醬餃子」。

這是顧筠寫的字，綠勺繡的，杏色的底布，黑色的字，遠遠就能看見。

擺好招幌，虎子讓兩個嫂子快些包餃子，以免一會兒客人過來了沒得吃。

照之前規劃，賣四種餡：羊肉大蔥、豬肉大蔥、豬肉香菇、三鮮。各賣三十五文、二十文、十五文、十文。

煮餃子的大鍋是圓筒形，裡面掛著五個漏勺，也是圓筒狀，一個漏勺能煮一份餃子。

攤子擺好，快到中午了，虎子心裡有點緊張，他可是頭一回幹這麼大的事。

自己擺攤做生意，就怕一份都賣不出去，今兒他們準備了一百份的餃子，賣不出去都得帶回去，如今天熱禁不住放。

虎子想想那天裴殊是怎麼叫賣的，顧不得紅臉，扯著嗓子嚷道：「賣餃子哩，好吃的麻醬餃子，全盛京城就這獨一份唷！」

嚷了幾遍，虎子讓兩個嫂子打開裝麻醬的陶罐蓋子，現在餃子還沒煮，最香的要數麻醬了，黃棕色裡頭還能看見金黃的芝麻粒，翠綠的蔥段，火紅的辣椒，旁邊還有一大碗剁好的蒜泥。

本來芝麻醬裡也加了蒜泥，但是怕有人受不了太重的味道，才又另外做了一碗，裡頭滴了香油，聞著可太香了。

麻醬餃子的味道沒得說，比他家公子頭幾次做的好吃多了，而且這些餡都是一大早拌的，正新鮮呢！

白氏的兩個媳婦張氏、李氏有些怯懦，她們還是第一回看見這麼多人，賣東西更是頭一回。

虎子才十六，比她倆小不少呢，怎麼也不能讓一個孩子衝前頭。

雖然臉有些熱，但是張氏和李氏已經開始一邊叫賣一邊包餃子了。

在家裡是吃不上幾頓餃子的，也就過年那幾天吃得到，但是兩人包餃子的手藝卻是一等一的好。

一個擀皮一個包餡，皮薄餡大的餃子，每個都是元寶形狀，看起來極其討喜。

只不過一份餃子包完，還沒有客人過來，往四周看，誰家攤位前頭都站著幾個人，尤其是燒雞、滷味，那是一個熱鬧。

「這……虎子兄弟，你說怎回事呢，怎麼沒人啊？」李氏有些急，再加上天熱，額頭都冒汗了，她用布巾包上頭髮，看上去整潔俐落。

一旁張氏也是同樣裝扮，一根頭髮絲都不會掉下去。

這是裴公子說的，入口的東西得乾淨，這樣讓人吃得放心。

可東西都準備好了卻沒客人上門，這……

虎子倒沈得住氣。「嫂子先別擔心，妳們也嚐過餃子，味道肯定不差，先包著，別到時候買的人多了，供應不上。」

李氏欸一聲，兩人皺著眉包餃子，心怦怦直跳。

包完五份，才等來第一個客人。

他們兄弟幾個喝酒，喝完之後胃裡火燒火燎，就想吃點熱呼呼的東西，還不想吃麵，在家裡街上轉悠一圈，就看見麻醬餃子了。

「這餃子怎麼賣？」

虎子笑呵呵地說了，說完怕客人嫌貴，又補了一句。「我們這餡都是真材實料，現包現煮，您看看，還配秘製的麻醬料，包准您吃了一次還想來第二次。」

「那來一份羊肉的。」這客人看了餃子餡，的確如虎子所言，全是肉，顏色看著還新鮮，在外頭吃一頓自然要吃好的。

數了三十五個銅板，他坐在一旁的小凳子，等餃子出鍋。
餃子下鍋，還用一個漏勺，不怕跟別人的弄混了，這可是獨一份。
雖然客人少，但他看這個小攤什麼都講究。
不到半刻鐘，餃子全浮上來了，一顆顆肚子脹得老大，圓圓鼓鼓的，空氣裡全是餃子的香味。
一份餃子，兩勺麻醬。
虎子把餃子遞過去。「那邊還有蒜泥，客官要不，給您舀上一勺？」
「別了，就這麼吃吧！」
好好的餃子蘸什麼醬？不過這兒賣的就是麻醬餃子，也不能砸人招牌，只不過，入口讓他眼前一亮的就是濃稠的芝麻醬。
口感有甜，有鹹，有辣，有蒜香，融合在芝麻醬裡，每個味道都沒被蓋下去，反倒是香得撲鼻。
餃子餡更絕，羊肉羶味重，但是有些人偏愛吃羊肉的羶味，這個羊肉餃子羶味不重，恰到好處。
沒一會兒，喝醉酒的客人就吃了六顆餃子。
剩下六顆，他舀了勺蒜泥。「欸，小哥，再來一份豬肉的，我帶回去。」說完，頭也不抬地繼續吃。

吃完餃子，他想要碗餃子湯，結果再抬頭的時候，旁邊排了好些人。

虎子把他要的那份煮好了。「客人，我們這兒只有油紙，給您包上，回家之後就快放碗裡，省得黏成一塊兒，要是下次想帶走啊，您還是拿個碗來。」

虎子還多放了一勺麻醬，把餃子遞過去。

他用乾巾擦過汗，繼續煮。

哪想到這麼一會兒工夫，買餃子的人就這麼多，都是那個客官吃得太香了，他都看餓了。

張氏、李氏的手都快出殘影了，一份十五顆，包完就煮。

這麼看下來，羊肉餡最好賣，還有豬肉香菇的，三鮮和豬肉大蔥賣得差不多。豬肉香菇的味道有些怪，但很好吃，新奇又好吃，賣得自然多。

一中午，一個多時辰，羊肉餡見底了，其他的還剩一些，麻醬也就剩一些，晚上得備料了。

總共賣了九十三份，總共賺了一千九百二十五文錢。

一匣子銅板，沈甸甸的，三個人都難掩喜色。

一個中午就能賺這麼多。那要是晚上也賣，豈不是能賺更多？

三人推著車回鋪子，餃子餡和麵團還有剩，他們三個還沒吃飯呢。

虎子道：「咱們就吃餃子吧，夫人說了，要是有剩就吃了，吃不了的再煮熟帶回去。」

還剩幾份的量，虎子正是能吃的年紀，他一個人就能吃三十顆；李氏、張氏沒想到還能吃這麼好的東西，自然也是卯足勁吃，一人吃了二十顆。

剩下三十幾顆沒煮，虎子連著錢匣子準備一塊兒帶回去。

三人歇了一會兒，打了井水刷鍋刷碗，還把車子和檯面擦乾淨，又去肉鋪買了羊肉、豬肉，這才趕車回家。

回到家，天已經黑了，李氏、張氏趕緊回了趙家。

虎子揉揉痠疼的肩膀，跟顧筠、裴殊報喜去了。

「公子！夫人！餃子可好賣了，還剩三十多顆，我們吃了五十顆，其他的都賣出去了。」虎子喜孜孜道：「您瞅瞅，這麼多錢。」

可不是，一匣子銅板，可比幾兩銀子看著多呢。

虎子把街上發生的事全說了一遍，第一個客人怎麼狼吞虎嚥，要了第二份，後面多少個人排隊，他們忙得閒不下來。

當然少不了幾分加油添醋，他打小就機靈，說得辛苦點，主子才心疼他。

裴殊拍了拍虎子肩膀。「你小子行啊，我還擔心你應付不過來呢。」

顧筠一臉喜色，然後在心裡飛速算了個帳，買肉花了一兩銀子，加上菜油、芝麻，成本約一兩又二百文錢。

賺了七百多文錢，除去分給趙家的一百多文錢，他們賺到半兩多。

一天半兩，雖比不上筆墨鋪子的生意，但這僅是第一天，她那小鋪子第一天可什麼都沒賣出去。

況且第一天準備得還是不充分，若是再充分一點，肯定不只這麼多。

顧筠笑道：「知道你辛苦了，快喝口水，吃點心。」

虎子大口喝水，喝完抹了把嘴。「不辛苦，都是小事！」

他勁頭十足，明兒還能去。

顧筠道：「那也跑了一天，來回坐馬車就夠難受呢！今晚好好歇一歇早點睡，泡個腳，解解乏。」

晚上，她們準備好第二天的食材，打算明日一早，讓春玉她們剁好肉餡。

做了一整天餃子攤生意，發現食材少是一個問題，離得遠是另一個。

一天有兩個多時辰浪費在路上，實在划不來。

顧筠得想個辦法，但筆墨鋪子那裡住不下人，要想去盛京做生意，只能來回跑。往好處想，能把東西放在那裡已經省事不少了。

裴殊拉了拉顧筠的手，又不是只有虎子辛苦，他也辛苦呢！

「阿筠，過來，帶妳看個東西。」

家裡買了不少香菇，都是帶根的，他用香菇根種菌，本來長出來的香菇太小，想大一點再給顧筠看，可他還是忍不住顯擺的心思。

顧筠道：「什麼？」

這都晚上了，天都黑了，黑燈瞎火的，能看出什麼來？

「到了，妳就知道了。」裴殊賣了個關子，拉著顧筠的手，去他那個小棚子。

棚子裡烏漆墨黑，啥都看不見。

裴殊提著燈籠，借了個火把燭臺點上，屋裡裝了一角燈火，看著暖融融的。

裴殊把角落裡的木箱子搬出來，總共三箱，給顧筠看一箱就成。

顧筠只看見箱子上黑漆漆一片，然後上頭有些棕色的小點，看不清是什麼。

裴殊拿著燭臺，照亮箱子。「過來看看這是什麼。」

他另一隻手背在身後，面上帶著點得意。「沒見過吧，可弄了好幾天，才長這麼大點，妳可別嫌小啊，過兩天就大了，一天一個樣。」

顧筠嘴巴微微張著。

這是……香菇？小香菇剛剛冒出頭，還看不見根呢，周圍是木屑，還有深棕色的土屑。

「香菇？你種出來了？」

裴殊欸了一聲。「沒多少，還不夠妳包一頓餃子呢。」

顧筠一臉驚喜。「那還沒長大呢，長大就夠了。這是怎麼做的？我還沒見誰家種香菇！」

裴殊道：「虎子買回來的香菇，你們切下根部，我就剁了剁，撒在木屑上，弄了點水，沒再管過，誰知道就長出來了。」

香菇和花生、小麥不一樣，後者是靠種子繁殖，而前者靠的是菌絲。

香菇的菌絲在根裡，就像山裡的香菇，你今年採了，只要好好把根埋上，做個記號，明年還能在這裡採到香菇。

還有木耳、銀耳等，也能自己種在木頭上。

而且菌類喜歡潮濕陰暗的環境，山上的香菇在受光面就比較少。按這原理，木箱就放在屋裡的犄角旮旯裡，每日定時灑水，多撒菌絲，就能長出香菇來。

香菇長得快，一天一個樣，過兩天就能採收了。

顧筠道：「那以後咱們不用買香菇了。以往吃香菇，根部全扔了，原來撒在木屑上能拿來種，夫君竟然能想到這種法子。」

顧筠沒忍住笑了一下，香菇也不便宜，要是他們莊子能種香菇，不僅以後不用買，還能往外賣呢！

能省錢還能賺錢。

顧筠覺得與有榮焉，又覺得裴殊真的變了好多，他能從每日去賭坊酒館，到現在天天待在小棚子裡跟種子打交道。

顧筠覺得這樣的他更讓人移不開眼。

裴殊撓了撓腦袋。「我這也是瞎想的，嘿。」

他把木箱搬回去，放在角落裡，總共三箱，兩天之後能收穫。

菌類和小麥、花生不一樣，木屑裡的菌絲還能再長出香菇來，源源不斷。

顧筠瞧了他一眼，瞎想就能想出來，她一點都不信，肯定得花不少心思。

裴殊拉著顧筠回屋。「妳看草莓也結果子了，明年肯定有一大片草莓地，今年的不多，妳留給我兩顆果子當種子就好了。等種出來，妳看看什麼能賣出去，先還錢。」

其實有時候顧筠都忘了欠錢這回事，他們兩個也越來越像夫妻。

顧筠道：「行呀，今天賣餃子賺的錢，一會兒商量一下怎麼分，你早點把錢還完才能早點賺錢養家。」

顧筠低頭笑了笑，這樣可真好，比起這些，王侯的官爵，世家的炭和冰，又算得了什麼？

冬天冷，多蓋幾層，夏天熱，勤快點打扇子就行了，老百姓也沒有冰，不也過得好好的嗎？

顧筠這麼想，殊不知裴殊根本沒想過讓她熱著冷著，冬日的炭，夏天的冰，一樣都不會短缺。

裴殊打算讓趙老漢家盤個炕，這樣冬天睡得舒服。

二進二出的院子，要兩個炕就行，燒火的煙囪口從外頭走，爐子也弄在外頭，裡頭能乾淨整潔一點，再選一個好看的炕席。

夫妻倆梳洗好，躺在床上時，裴殊說了這件事。

顧筠聽過炕，但沒睡過，城裡都睡床，哪家都不缺炭，睡得舒服暖和最重要，反倒是鄉下百姓用炕多。

顧筠道：「行呀，咱們屋子多，床可以放到別的屋裡，我看地基已經打好了，過不了多久房子就能蓋好了……」

顧筠說著話，不久就睡著了。

裴殊偏頭看了她一眼，笑了一下。

她也累了一天，虎子沒回來的時候，她特別著急，怕他們受欺負，怕東西賣不出去，更怕以前國公府的人搗亂，幸好無事發生，一切順利。

餃子餡、餃子皮也都是顧筠張羅準備的，還每天算帳，那麼一個小腦袋也夠用。

裴殊看房子還沒蓋起來，想提幾樣要求，首先院子裡排水得弄好，還得弄個洗澡的地方。

因為他不會處理馬桶，就不強人所難了，但是廁所一定要乾淨。

心裡想著這些，裴殊也很快入睡了。

裴家燈火熄滅，老趙家還是頭一回點燈到那麼晚。

白氏隨意吃過晚飯，就坐著等兩個媳婦回來。

李氏、張氏一進門，白氏就倒了熱水。「可不容易，大老遠跑到城裡去，快喝水。」

白氏年輕時受過婆婆的氣，老了可不想自己媳婦還受氣，雖然家裡的大權在她手裡把持著，但是她比一般婆婆更大度。

李氏、張氏喝了水，眼睛像看到了蜜。「娘，您快坐下，我倆不累，就是包餃子、煮餃子而已，明兒還得去呢！」

白氏道：「還得去！那意思是餃子賣得好？」

老天爺啊！還真有人愛吃餃子，放著家裡的飯不吃，想去外頭吃餃子，這生意當真這麼好做？

李氏道：「娘，我跟弟妹忙了一中午，腳不沾地，就包餃子。虎子兄弟煮餃子收錢，帶去的麵團餡料差不多都用完了，我們三個吃的也是餃子，吃完就剩三十多顆。」

張氏道：「今天一共賺了一千九百多個銅板！」

回來一個多時辰的車，可不就數銅板嗎？數了三遍，拋去成本，也有七百多個銅錢，這一趟可真值！

趙家男人蓋房子一天才十文錢，她們兩個女人一天就能賺一百多個銅板呢！

趙二郎大吃一驚。「真能這麼賺錢？那我……」

竟然全賣出去了，生意這麼好做，那他是不是也能做生意賺錢了？

白氏一看就知道兒子想什麼，她敲了趙二郎一下。「你也不看看自己什麼德行，還賺錢，就你，活了這麼多年，你賺過幾個錢回來？老三媳婦妳繼續說。」

張氏又道：「我們就賣中午，晚上的還沒賣呢！看今兒中午的架勢，明天生意應該更好，我看虎子兄弟去割肉，有五十斤呢！」

誰都樂意生意好，那可是真金白銀，包餃子、煮餃子就能賺錢的事，上哪兒找呀！

李氏低頭瞧著衣裳，這是她體面的衣裳，要說幹活，肯定撿破的穿，誰知道裴公子說要打扮乾淨點，她別的衣裳補丁摞補丁，這身也有補丁，少一些罷了。

一家人節衣縮食供孩子讀書，興許以後能買衣裳、買肉吃。

白氏可高興了，明天生意更好，那賺得更多。自家兩媳婦也看見這收入，肯定作不得假，夫人也不是那種貪他們幾個小錢的人，所以說賣得越多，賺得越多。

「妳倆可是咱們家的大功臣，不過我話說在前頭，裴家對咱們有大恩，夫人重情義才找了趙家幫工，沒找徐家、李家。妳倆可得好好幹，不能懈怠，包餃子手上動作快一點、麻溜點，當然也得包得好，不能一個大一個小。」白氏最後說了一句。「有發財的機會就給我逮住了，一天一百多個銅板，別人家可沒這麼好的命。」

李氏、張氏乖巧應是，她們也知道，好好的活計不能弄丟了，若是生意做得更大，興許還要人呢，她們要是做得好，說話肯定有分量。

白氏說：「妳們快休息，明兒還得早起呢。」

等一家人各回各屋，白氏關好門，點著油燈和趙老漢說話。

「我還以為賣不出去呢！真是……還是裴家有主意。」

趙老漢吸了口旱煙。「那可不，人家可是城裡來的。」

白氏道：「你別光顧著抽菸，我跟你說，徐家和李家肯定不會光看著，而且裴家不可能只帶咱們一家。」

這老婆子精明著，莊子才三戶人家，平日裡各幹各的，秋收也是早早分好。

但是誰家過日子不是給自己過？誰家賺錢肯定會眼紅！

趙老漢道：「那怎麼辦？」

白氏瞥了他一眼。「怎麼辦？要我說就甭管，你把房子蓋好，什麼料子都按實惠的來，裴家肯定記得你的好。」

裴家只要記得他們，就不會捨棄他們，這莊子還有其他人家呢，肯定不會光用他們家的人。

真是一人得道雞犬升天啊！

白氏想，好日子還在後頭呢，甭管裴殊和顧筠怎麼來到莊子上，這麼過日子，還能差得了？

家業都是自己賺出來的，到時候國公府肯定會後悔。

要是她有這麼一個兒子，作夢都能樂醒。

月昇月落，很快就到了第二天。

春玉三人起得早，寅時過半就醒了，她們要剁餡和揉麵。

夫人說了，要保證餡料盡可能新鮮。

菜刀在砧板上發出聲響，肉塊先切成條再切成丁狀，然後剁成小粒的肉餡。

香菇、韭菜也切成丁，還要炒雞蛋、泡木耳，做完這些事已經快卯時了。

虎子也起來了，梳洗乾淨就把麵和餡搬上車，然後趙家的兩個嫂子也來了，三人把東西清點了一遍，路程遙遠，可不能丟三落四。

東西點好，三人駕車去城裡。

辰時就能到，去碰碰運氣，興許早上也能賣呢！

春玉三人睡回籠覺，裴殊從屋裡出來，給水壺裡注滿水，瞇著眼睛給棚裡的苗子灑水。白菜、菠菜、香菇……眼睛半瞇著，忽然他看見了一抹紅。

一夜之間，草莓果子長大，草莓尖還變紅了！

裴殊這下也不睏了，趕緊抱著木盆回屋。「阿筠妳看！」

一個木盆兩棵苗，翠綠的葉子，細長的梗，四、五顆小果子，長最大的那顆有指甲蓋那麼大，尖上已經紅了。

顧筠還在床上，聽著聲音朝外看，見裴殊風風火火地跑進來，他也才剛起床，裡衣外頭胡亂披了件外衣。

他抱著個木盆，顧筠一下就看見了。

草莓也結果子了，還紅了！

顧筠伸出手，想碰一碰，又怕給碰壞了，她記得裴殊一共種了五盆草莓，要是每盆都能結四、五顆果子，那也能累積一盤子。

顧筠道：「它都結果了，那以後不要放在小棚子裡了，擺在窗臺吧，你也能盡心照看。」

裴殊道：「那自然是好，結果子之後得多曬太陽。」

太陽照射能促進糖分轉化，很多水果都是這樣，像桃子、杏兒，曬夠太陽的，比不曬太陽的更甜、更好吃。

裴殊懂這些，種出來的水果自然好吃。

而且，肥料也少不了，家裡有雞仔、鴨仔，池塘裡還有淤泥，能燒草木灰，肥料是不缺的。

但是裴殊要搞無土種植，還要提取肥料裡的營養物質，不然一股腦兒全倒進水箱，味道肯定不好聞。

不僅是菜苗裡施肥，就連香菇裡，裴殊也施了肥，包准香菇長得又大又結實，香菇腿絕對夠粗。

裴殊趕緊收拾梳洗。「阿筠，我再去弄個架子，一會兒去趙家一趟，咱家也鑿個水井吧，現在用水不方便。」

莊子上就一口井，每家每戶取水都在那兒，裴家來了之後就可讓他們先用，但歸根結柢還是不方便。

自家鑿一口井，再弄個輪軸，就不用自己費力提水了。
裴殊看這進度，差不多五月底就能把房子蓋好，再鋪木板，弄水管，打井，六月中旬能弄好。
再通風幾天，六月底他們就能搬進去。
顧筠也趕緊起床，她得看看怎麼鑿水井，打一口井要花多少錢。這麼多天，裴殊的錢應該花光了，但是裴殊不向她要錢，她肯定是不會給。
趙老漢說鑿水井要一兩銀子，砌上井壁，然後井沿約小腿高，到時候放水桶下去打水就成。
趙老漢不知道輪軸怎麼弄，幸好裴殊給了圖紙，琢磨兩天真能做出來。
想通關鍵之後，趙老漢覺得這舀水的輪子好，以後打水肯定省勁，他們那口井也能安一個。
趙老漢坐在莊頭的田埂上抽旱煙，初夏的風吹在身上，還有些熱。
徐家和李家的人蹲在田裡拔草，幾個孩子在地裡抓蟲子餵雞。
誰家都有幾隻雞，餵蟲子能下雞蛋。
裴家的雞仔也褪去嫩毛，變得灰撲撲。小鴨子也能下水了，自己在水裡找點小魚、小蝦吃，再餵點菜葉，就餓不著了。

買來的雞和鴨都沒夭折，再養三個多月也能下蛋了。

徐家的小孩抓了蟲子，準備去餵雞，徐家老太太把小孫子叫住。「狗蛋，過來，你把蟲子餵給裴家的雞，奶奶中午煮個雞蛋給你吃。」

狗蛋手裡拿著狗尾巴草，蟲子都串草上了。他今年六歲，雖然年紀小，但他知道奶奶可寶貝這幾隻雞了，先把雞餵飽，他才能吃雞蛋，兩、三天能吃一個，剩下的雞蛋要攢著賣錢。

好不容易抓來的蟲子，怎麼能給裴家的雞吃？

狗蛋不樂意，但又捨不得雞蛋，心裡猶豫一會兒，還是去裴家餵雞了。因為怕雞不吃，他盯著雞吃完才回來。

等到中午，奶奶果然守信用，煮了雞蛋給他吃。

徐老太說：「以後你跟你哥哥抓了蟲子，一半給咱家雞吃，另一半餵裴家的雞。」

徐家的幾個小輩聞言愣了愣。「娘，咱們家雞還不夠吃呢，怎還餵裴家的雞？」

徐老太道：「你們沒看見老趙家的兩個兒媳婦跟著去做生意了嗎？每天早出晚歸的，一家子喜氣洋洋的。」

都住一塊兒，誰家有個風吹草動都知道，能瞞過誰呀！

再說，趙家替裴家蓋房子，看那地界，兩進兩出的大院子，雖然自家兒子也跟著幹活，可拿的是工錢，趙家張羅買磚瓦，肯定是趙家賺得多。

現在趙家又跟著做生意，那以後還不把他們遠遠甩在後頭？

徐老太可不樂意，不爭饅頭爭口氣，自家又不差，怎能讓趙家事事趕在前頭。

所以徐老太就想出這麼一招，孫子們抓的蟲子，一半留家裡用，一半給裴家。

孩子懂事，夫人肯定會想到大人，不會讓徐家吃虧。

兩個媳婦恍然大悟。「娘，我倆啥都不會啊，生意更是碰都沒碰過，怎麼可能做好……」

徐老太道：「那白氏的兩個媳婦做過生意？胡說八道，我給妳們牽線搭橋，要是成了，自然會有賺錢的機會，妳當裴公子和夫人是傻的啊，做生意是為了賺錢，還能賠錢？」

徐老太讓孫子去地裡抓蟲子，餵食裴家的雞，那小雞仔正是長個子的時候，不吃怎麼長大？

就這麼餵了三天，裴家才發現這兩個小孩子幹了啥。

起初，春玉發現的時候還怕是誰家孩子搗亂，莊子裡的孩子不少，十幾個呢，她都認不全，那小孩就站在雞圈外頭，不知道往裡扔了什麼。

春玉走過去看，誰知道就看見地上爬著好幾條蟲子，小雞擠在一塊兒，尖嘴一叼，就把蟲子給吃了。

春玉嚇了一跳，她知道雞吃蟲子長得快，可是他們家的人忙，哪有時間下地抓蟲子，再說了，她們幾個姑娘怕蟲，一看見就渾身打寒顫。

狗蛋看見春玉了，就把徐老太教的話說了。「雞得吃蟲子，光吃菜葉子長不大。」

春玉道：「這怎麼好意思呢，你家雞不也得吃蟲子嗎？」

狗蛋說：「我家就六隻雞，吃不了那麼多蟲子，而且蟲子吃莊稼，莊稼是夫人的，蟲子自然也是夫人的。」

這話倒是沒毛病，但春玉肯定不能讓小孩幫他們餵雞，她回屋就跟顧筠說了這事。「莊子上的孩子倒也懂事，竟然還知道幫咱們餵雞。」春玉倒了一杯茶。「也不知道餵了幾天，我看雞仔還挺愛吃。」

顧筠驚訝道：「抓蟲子餵咱家的雞？」

雞都是由裴殊餵食，顧筠也不知道餵啥。不過，她從前在侯府，後來嫁到國公府，可不是什麼天真良善之人，誰會自己家的雞不餵，跑去餵別人家的？

春玉笑道：「對，我看餵好幾天了，還說莊稼是夫人的，裡頭的蟲子也是夫人的，看樣子明天還來。」

顧筠道：「妳去打聽打聽是誰家的孩子。」

她自己沒孩子，對別人家的孩子難免心生喜歡，她又忍不住多想，估計是誰家的大人授意，肯定不能白要人家抓蟲子。

顧筠猜，他們家裡大人估計想在裴家找些工作，離秋收還有兩個月，閒著也是閒著。又或許是看趙家兩個媳婦跟著做生意，心熱眼熱，才想著討個好。

春玉出門打聽是誰家的孩子，沒一會兒就問出來了，是徐家的小孫子。

顧筠心裡有數，就是一時之間想不出給徐家安排什麼事。

莊子有三戶人家，的確不能只顧著趙家。

如今餃子生意，人手已經差不多了，而且一開始就說好是按利分成，裴家拿八成，再往外分，他們還賺不賺錢了？

除非想出新的生意……

◆

第十章

池塘裡荷花都開了，和風陣陣，鴨子在水面游著。

上午裴殊從池塘裡捕了兩條魚，說是中午煮魚來吃。

天一熱，顧筠的胃口就不好，等天更熱，估計都吃不下飯了。

裴殊看在眼裡，打算做條糖醋魚，再做一道烤魚，吃起來開胃。

初夏太陽大，瞧顧筠懶洋洋的樣子，甭等三伏天就受不了了。

裴殊得想法子弄點冰來。

冰有市無價，都是各家冬日裡存冰，一直放到夏天，自家冰都不夠用，哪會拿去賣？當然也有看重這門生意的商人，但是一斤冰極貴，裴殊身上僅有六兩銀子，他根本買不起冰。

據裴殊所知，製冰的法子有兩種，一是硝酸鈣製冰，吸熱製冷，另一種是鹽水製冰，透過鹽水溫度下降，使水凝結成冰。

第一種法子簡單，但材料不容易獲取；第二種法子只需要鹽水，但是裴殊只在書上看過這個法子，不知道能不能成功。

無論如何都得弄出冰來，鹽水製冰肯定容易些，裴殊用身上僅剩的六兩銀子買了幾個鐵盆。

他身上沒錢了，但不好意思向顧筠要。現在每天都能收幾斤香菇，種的香菇也由原來的三盒變成八盒，以後就不用去街上買香菇了。

草莓有兩顆已經紅透了，就擺在屋裡架子上，五個小盆，二十多顆果子，還有開出白色的小花，看樣子還能再結果子。

顧筠捨不得吃，就沒動過。

草莓這東西，在上頭長著還沒啥事，要是摘下來一天不吃就壞了，尤其裴殊養出來的草莓大且紅，光看就飽了。

不過再不吃真的要壞了，新結的兩顆草莓，夫妻倆就一人吃一顆。

草莓味很重，甜津津的，一口鮮甜的汁水，可真好吃！

「夫君，這個味道好，比在外頭買的甜多了，還有一點酸，但是酸味不重，明年是不是能結更多果子？」

裴殊刮了一下顧筠的鼻子。「這就想到明年了？我看今年有兩茬，夠妳吃的。我看草莓也有種子，這些根明年也能再長苗，明年妳肯定有一大片草莓吃。」

顧筠想，盛京哪個夫人吃草莓是從秧上自己摘？

還有明年，賣草莓也能賺一大筆錢。

顧筠承認自己掉錢眼裡了，自從離開國公府後，每天都為錢發愁，直到餃子生意穩定下來，顧筠才沒那麼愁了。

如今餃子生意越來越好，每日都有一兩多銀子進帳，顧筠總不用擔心朝不保夕，哪一天吃不起飯。

至於風花雪月、每日品詩賞花的日子，不屬於她，而是屬於盛京城內的婦人小姐。

自從裴殊被廢世子，已經過去了十數天，徐氏帶著兩個女兒參加安王府的賞花宴。春日的花有春日的景，夏日的花有夏日的景，況且這是徐氏在裴殊被廢後第一次參加宴會，自然打扮得精神好看。

安王府景致極好，假山此起彼伏，又有涓涓小溪，溪旁是盛開的蘭草。

徐氏讓兩個女兒自己去玩，她與平日交好的夫人說幾句閒話。

閒話自然離不開裴殊，她們最關心的話題是顧筠真的跟去了，怎麼沒提和離呢！當真是嫁雞隨雞，嫁狗隨狗。這姑娘，從前看著氣性就高，現在看，氣性是真高，說話間不免有幾分敬佩。

「顧筠大義，竟然不離不棄，裴殊別的不成，倒娶了個好媳婦。」

徐氏似笑非笑，心想怎麼沒人看笑話，反倒是誇起顧筠來了，沒一個人說裴姝浪蕩，連個世子都當不成。

徐氏想聽的話沒有人說，她自己也說不得，聽著這群夫人誇了半天顧筠，徐氏拂了帕子離開，轉頭去找裴湘、裴珍。

裴湘其實不想來，她心念著布坊、染布等手藝，想做到爛熟於心，這是兄長嫂子給她的，她得好好留著。

學的東西一多，就沒空出去玩，徐氏以為她因為兄長的事鬱結於心，茶飯不思，非要她出來轉一轉，排解心結。

裴湘不大高興，兄長當初賭錢喝酒，徐氏輕輕揭過，說他年紀小不經事，長大以後就懂事了，讓他敗掉母親的嫁妝。兄長現在懂事了，卻說他丟國公府的臉。

到底什麼是丟臉，什麼是不學無術？

裴湘抿著唇，一旁裴珍道：「五姊，這兒的景色多好看呀！妳多看看，別想那些煩心事啦！」

裴湘道：「我現在沒什麼煩心的事。」

昨兒虎子半路攔道，遞上來一份餃子，說這是裴家的新生意，讓二小姐嚐嚐，二小姐要是想吃，就去城南巷口那兒找，有好多種口味的餡呢。

裴湘想拿點東西給嫂子，她現在能動的就是布坊，嫂子肯定需要布和棉花。裴珍不知道這些，她兄長馬上就要被立為世子了，以後她嫁人就多兩分底氣。女子就是這樣，嫁人可是一輩子最重要的事。

看看顧筠，嫁給裴殊，這輩子就毀了。

裴珍挽著裴湘的手，她小聲道：「哎，我知道，妳放心，過陣子盛京的人就把裴殊給忘了，以後妳的兄長是裴靖，再也不用擔心丟人了。」

裴湘臉色不好，她以前是覺得丟人，那是因為兄長賭錢，現在兄長就算走街串巷，她也不覺得丟臉。

「六妹，我這兒還有事，勞妳和母親說一聲，我先回去了。」

裴珍皺著眉。「妳能有什麼事……」

裴湘道：「母親給我一間鋪子練手，我得過去看看，六妹好好玩。」

母親給了裴湘一間鋪子，她怎麼不知道，憑什麼給裴湘！

散席後，裴珍把這事鬧到徐氏那兒。

徐氏說閨女小家子氣。

「一間鋪子算啥，妳也看得上眼！」徐氏敲打自己閨女。「給裴湘的是布坊，生意不好，她一個小姑娘能翻出什麼浪來，過陣子就該因為經營不善關門了，以後只能租出去，每月賺點租金罷了。」

裴珍撇了撇嘴。「那也是錢呀，女兒也要鋪子，娘幫我，肯定比裴湘的生意好，賺得多！」

徐氏疼女兒，自然答應得爽快。

「娘把酒坊給妳，酒坊最賺錢，妳只要好好經營，一個月就能賺不少零花錢呢。」

裴珍在徐氏身前撒嬌一會兒，然後也去看鋪子了。

酒坊是裴家生意最好的鋪子，每月都能有銀子進帳，差不多六、七十兩銀子。

看著是不多，可別的鋪子更不行，照徐氏的話來說，布坊都快賠錢了。

裴珍心裡滿意，逛完酒坊，她打算去布坊看看。

布坊地段不好，料子也不是時興的，國公府做衣裳，都不從自家拿料子，可想而知，布坊生意是多麼慘澹。

然而，裴珍看布坊有許多人進進出出，進去的人三兩相攜，出來的人手裡還拿著料子。

顏色是她所熟悉的，有她心愛的藕荷色，裴湘穿過的石蕊紅，還有顧筠穿的雪青色。

裴珍一時慌了神，她的料子是顧筠送的，那日丫鬟說少夫人得了好料子，年輕人適合穿這種顏色，她就歡天喜地地收下了。

難道料子是從國公府布坊拿的？

裴珍提著裙襬進門，見櫃檯前頭不少人在挑布。

三種顏色的布三十兩一疋，比起雲衣坊五十兩一疋的布，這些做工不差，顏色更好看且不掉色，料子久穿耐磨，買的人自然就多。連帶著別的顏色的布，也賣出去不少。

布坊積壓的布一疋五兩、十兩銀子賣出去，倉房已經沒有多少存貨了。

掌櫃的和夥計都喜上眉梢，布坊賺錢，他們當然高興哩！

幸好有公子和二小姐，才能讓布坊起死回生。

沒錯，在布坊裡，裴殊就是大公子，裴湘是二小姐，現在二小姐管事，生意蒸蒸日上，大公子能讓布坊起死回生，他們才不管外頭的風言風語呢。

工人每天染布曬布，裴湘在家裡學習琴棋書畫，幫著大師傅染布、畫花樣。

花樣更多、顏色更好看的布，一疋就要五十兩銀子，一個月賣出去幾十疋，能賺好幾百兩銀子呢！

裴湘才經手，手上就有了二百兩銀子。

大師傅說這都是小錢，以後有的是機會賺錢，當務之急是把招牌打出去。

買布的人少有買一疋，都是買幾尺，買完後，布坊還會送一些碎布頭，可以縫一些香囊荷包。

有來有往地做生意，才能長久。

這些盛況，在裴珍眼裡尤為刺目。

布坊生意竟然這麼好！

比之酒坊好太多了，這裡簡直門庭若市！

裴珍了解徐氏，徐氏萬不會把賺錢的鋪子給裴湘，她從前學管家的時候也知道布坊生意如何，怎麼短短十幾天，就換了天地？

裴湘不在前頭，裴珍過去買了幾塊布，掏了銀子就回國公府，這事她肯定要告訴徐氏。

「娘，布坊生意好得離譜，人擠著人，妳看這料子，不比雲衣坊的差，可便宜太多了。」裴珍心裡有些酸。「您怎麼早早就把布坊給裴湘了呀！」

徐氏道：「真是從咱家布坊買的？妳沒找錯地方？」

「我還能騙您？」

「那就奇了怪了，咱家要是有這麼好看的料子，我能不知道？這是怎麼染出來的，布坊賺錢的話，放在裴湘手裡就不合適了。」

誰不知道錢是好東西，一個月賣五十疋布，一疋三十兩，就能賺千八百兩銀子，生意越來越大，越來越火，以後賺得更多。

可是，到裴湘手裡的東西，她還能吐出來嗎？徐氏都給她房契了。

怪不得從莊子回來就要鋪子，還口口聲聲說她嫁妝只要這一間。

原來如此，肯定是顧筠給她出的主意。
那料子八成是顧筠想出來的辦法了。
自始至終，徐氏都沒想過裴殊，那個繼子一向只會吃喝玩樂，別的什麼都幹不成。
徐氏明白現在不是計較這些的時候，她得想法子把布坊要回來，那可是銀子呀！
裴殊都不做世子了，裴湘一個丫頭拿那麼多錢做什麼？
難不成要去貼補裴殊？
想到這兒，徐氏就心慌不已，她要讓裴殊過苦日子，讓他被自己兒子遠遠比到地下，怎麼可能讓他滋潤逍遙？
徐氏讓女兒先回去，等英國公回來，她理了理鬢角的髮，捏著帕子走了過去。
「公爺喝點茶水，累了一天，妾身給您捏捏，解解乏。」
英國公這陣子很消沈，他按了按眉心。「家裡一切有勞妳了。」
徐氏道：「都是妾身分內的事。」
英國公道：「那也是妳照看著，幾個孩子被妳養得不錯。」
長子學問好，裴遠也爭氣，兩個女兒乖巧可愛。
「說起來五姑娘倒是聰慧非常，前陣子要學管家，妾身就給了她一間鋪子練手，日後給五姑娘做陪嫁。原以為小打小鬧，誰知道還真賺錢了。珍兒去布坊看了看，門庭若市，買布的人都排到鋪子外頭了，一個月能賺八百兩銀子。」徐氏笑了笑。「這姑娘一聲不吭的，結果讓人刮目相看。」

英國公說：「嗯，那是她的本事，以後嫁人了，不至於讓人欺負了去。」

「公爺說得不錯，要是夫君體恤，婆婆懂禮，那自然最好，要是攤上一個不著調的，豈不是……哎，裴湘那丫頭性子單純，妾身擔心她被騙了。」

英國公閉目養神，就聽著徐氏說話。

徐氏道：「公爺也知道三公子好賭，湘兒又是他親妹子，湘兒心疼兄長，保不齊接濟他，大把銀子再拿去賭，還不如妾身先管著，等五姑娘嫁人了再給她。」

只要把布坊拿回來，賺多少錢還不是她說了算？

裴湘一個小姑娘能翻出什麼浪。

但是，英國公沒答應，在他眼裡，裴殊遲早都會受不了苦而回來，若是裴湘把她哥哥叫回來，還是件好事呢。

英國公道：「她拎得清，再說了，裴殊是她親哥哥，連親哥哥的死活都不管，那還是個人嗎？從前鋪子不賺錢，現在賺錢了，她的鋪子怎麼處置由著她來。」

徐氏的臉一陣白一陣紅，幸好英國公閉著眼睛看不見。

英國公揮手讓徐氏別按了。「妳也別厚此薄彼，珍兒也不小了，給她一間鋪子做嫁妝。」

徐氏道：「公爺說得是……」

布坊生意好是裴湘始料未及的。

賺來這些錢她都沒花，因為顏色是兄長染的，很多花樣是嫂子畫的，她自認沒幫上什麼忙。她掌握住布坊，是為了留著給兄長。

裴湘怕他們日子不好過，包了一百兩銀子送過去。

馬上就端午節了，她又買了糯米、粽子葉，在院子裡包粽子，還買了二十斤豬肉，打算端午那天去莊子看一看。

各家各戶都準備過端午，護城河還有划龍舟的活動，相當熱鬧。

顧筠開始準備包粽子、煮粽子，因為裴殊要求包幾個肉餡的口味，所以她做了三個醃豬肉和三個鹹鴨蛋的。

顧筠喜歡吃甜的，內餡包蜜棗，一個粽子裡有四、五大棗，肯定甜。

莊子上的三戶人家也開始包粽子、熏艾草。

一到端午，天就越發熱，頂著大太陽幹活的滋味不好受，得儘早把房子蓋好。

裴家的房子地基高，登門拜訪要踩著臺階上去。院子裡都有高臺，可以擺張小桌子。院牆修得高，外人踮腳都望不到裡面，青色的磚一塊一塊，看著特別平整。

屋子也比普通人家的高，再加上窗子大，就顯得特別敞亮。

到時候上梁，天花板再用木板裝潢，就不會仰頭一看黑漆漆了。

裴湘來的時候只覺得日新月異，變化太快了，首先地裡的麥苗長高不少，看著都快吐穗了，菜地裡也是一片欣欣向榮的景象。莊子的杏樹結出青色的小果子，看著可討喜了。池塘的荷花開了不少，有粉色的、白色的，好看極了。

「嫂子，我過來跟你們一塊兒過端午。」裴湘讓丫鬟把車上的東西搬下來，有豬肉粽子、點心還有棉花和布料。

裴湘小跑著過去，看見顧筠在院子裡餵雞，一群小雞圍著顧筠打轉，看著還挺可愛的。

顧筠回頭一看。「妹妹來啦！快進屋，我正在餵雞呢！」

裴殊說小雞愛吃小米，還特地買了小米餵雞，也就他們家用小米餵雞了。因為裴家伙食好，雞、鴨也吃家裡的剩飯。

顧筠道：「妳要不要試試？我去叫妳哥。」

上回來裴湘都沒看見裴殊，兄妹倆好不容易見一次，得好好說話。

裴殊每天都往小棚子裡鑽，天一熱，他就挽起袖子、褲腿，看見妹妹來了，他又把袖子放下來。「妳來了，妳嫂子在那頭。」

跟裴湘，裴殊更沒什麼話說，裴湘也是。「我帶了點肉，還有點心，我放屋裡了。那個布坊生意挺好，想來嫂子上回也和你說了……」

裴殊點點頭。「屋裡有啥妳就吃，我去捕兩條魚。」

妹妹來了肯定得吃好的，再說今天還是端午呢！

虎子是個不知道過節的人，一大早跟趙家的兩個嫂子去賣餃子了。比起留在家裡過節，他們更願意賺錢，虎子知道錢是好東西，李氏和張氏也知道。

多賺才能多買肉，雖然賺的錢充公，但是家裡吃喝也是從公中拿，賺得多了，孩子吃得好。

裴殊捕了兩條魚回來，又去鄰莊買了隻雞。

裴湘帶了豬肉過來，有排骨、有肘子，因為天熱不好存放，全拿去煮了。

顧筠跟裴湘說話，下廚的事自然裴殊來。

春玉三個能打下手，短短幾天也練不出什麼好廚藝，就幫忙切肉、洗菜。

菜餚一上桌，有紅燒排骨、冰糖肘子、糖醋鯉魚、炒青菜、雞蛋羹、叫花雞，還有粽子吃。

裴湘小聲地哇哇叫。「嫂子，在家都是兄長做飯嗎？」

裴湘還沒見過誰家夫君下廚煮菜，雖然廚子多是男子，可自家都是妻子洗手作羹湯。

顧筠道：「有時是我做，但妳哥做的更好吃一點。」

顧筠擅長煲湯，做些小點心，力求精緻好看。

裴湘托著下巴，目光有些羨慕。「兄長還挺好的，別的不說，挺疼嫂子的。」

顧筠坐起來。「妳等會兒，我給妳看個好東西。」

語氣和裴殊如出一轍。

顧筠抱著草莓出來，紅的不多，只要是紅的，裴殊肯定一早就摘下來給她吃，這種紅中帶點綠的有些酸，但也能吃。

「妹妹，妳嚐嚐。」

裴湘吃了一個，酸甜可口，入口生津。「這草莓怎麼種的？」

顧筠笑道：「從旁邊莊子買的苗，就栽在盆裡，都是妳哥照顧。」

裴湘道：「兄長特地為嫂子種的，真是一片苦心。」

顧筠又拉著裴湘看香菇，一個個小傘蓋，還有胖乎乎的香菇腿。「香菇也是自己種的，現在賣的香菇豬肉餃子，根本不用去城裡買。」

顧筠今年十六，就算嫁人了也有小孩子脾氣，有啥好東西都想顯擺。

她帶裴湘去看新院子，說要盤炕、鋪木地板，還說起自家的雞、鴨翅膀尖上的顏料，家裡的每一件東西都是他們一起弄的。

裴湘聽得都癡了，這也太好了吧！

她原本還擔心兄長和嫂子離開國公府後日子不如意，但只要不管別人怎麼想，日子反而過得更舒心。

「嫂子，妳可得幫我留間屋子，若是徐氏盯著我的鋪子，我就來找妳。」裴湘出嫁還有一陣子，跟別人待著，她覺得煩。

顧筠痛快地答應了。「妳來了可以做農活，妳肯定沒做過，還挺有意思的。妳哥哥每天跟種子、土打交道，弄得灰頭土臉的。」

顧筠是笑著說，裴湘看了很羨慕。

盛京不知有多少人等著看顧筠的笑話，裴殊的笑話夠多了，而顧筠又好強，當初沒人願意嫁裴殊，顧筠嫁給了他，還跟著他離開國公府。

隨別人怎麼看吧，她嫂子就是過好自己的日子。

等到吃午飯，裴湘看兄長時不時挾菜給嫂子，魚肉沒刺，肉都是肥瘦相間，嚐到好吃的就自然而然挾過去，一點都沒有理會她這個妹妹。

裴湘也沒有心酸，她和裴殊本來就不親，還不如和顧筠呢！

這頓飯吃得十分飽，裴湘吃完飯跟顧筠一樣喝煮粽子的水，有粽子葉的香味，還甜絲絲的。

吃過飯歇一會兒就該回去了，裴湘有些捨不得，要不是新房沒蓋好，她鐵定留一天。

裴湘戀戀不捨。「嫂子，棉花和布給妳做衣裳，還有這些錢妳拿著。我將布坊要過來了，現在生意很好，多虧了妳和兄長，我留些錢就夠了，你們用錢的地方多……」

顧筠不能要這錢。「妳看我倆像是缺錢的嗎？妳拿到就是妳的，比便宜別人強。」

裴殊沒說話，但跟顧筠一個意思。

顧筠看了眼裴殊，轉過頭對裴湘道：「妳哥哥這些年沒盡到當哥哥的本分，這是他給妳的東西，妳攢著錢，我就收下這些布。妳一個小姑娘，要明白財不外露，有事就來找妳哥，別省著，也不用擔心我們。」

這些話很少有人向裴湘說，裴湘一下就紅了眼眶。

她哥何德何能，娶這麼好的媳婦。

裴湘眼淚汪汪地帶著丫鬟回去，隔著車窗跟顧筠擺手。「嫂子，我過幾天還來看妳……」

裴湘的行蹤瞞不過家裡，但她也沒想著隱瞞。

只不過裴珍心裡不是滋味，她覺得裴湘就是個白眼狼，遠近親疏都分不出來，拿好東西去餵裴殊，那不是肉包子打狗，有去無回嗎？

布坊料子那麼多，她一件都沒撈著。

裴湘可不會拿布坊的東西做順水人情，她對布坊珍之重之，別人休想染指。

這兩天，她察覺到裴珍看她的目光不對勁，怕是布坊生意好，被他們知道了。不過，房契在她手裡，就甭想拿回去。

她怕別人使絆子，也是小心再小心，她家賣得便宜但花樣少，不會給雲衣坊造成多大影響，就算有什麼困難，她也應付得來，不會讓兄長嫂子擔心。

想到顧筠和裴殊，裴湘心裡就多了一股衝勁。

裴湘回去後，顧筠就開始收拾東西，有不少布料和十斤棉花，可以做幾床新被子。

他倆不能總是蓋大紅被吧？

午飯還有剩，晚上能熱來吃，還有留給虎子的飯菜，一起放到碗櫃裡。

裴殊道：「這姑娘，恨不得把好東西都送過來，布還都是鮮豔的。」

顧筠說：「青色、白色你也能穿呀！」

裴殊笑道：「我天天下地，這樣的顏色淺，容易髒。」

這是大實話。

顧筠道：「總得做兩身出門穿，下地就穿以前的舊衣服唄。你過來，咱們數數錢。」

今兒可是端午節，又是一個節日，虎子賣餃子幾天下來，每天銅板收得多，扣除分給趙家的一兩，賣餃子賺了四兩。

顧筠分出二兩抵銷債款，另外二兩算是裴殊養家的錢，以後買東西就用這裡面的。

雖然沒多少銀子，還都是銅板，裴殊卻看得心裡狂跳。

他能養家了，終於勾銷二兩銀子的帳，雖然還有七千一百四十八兩，但還尚指日可待。

他的菜已經長出來了，只要保證溫度、濕度，秋冬也能種。

現在各家莊子都架起大棚，但是他無土種植，顯然能種更多菜，賣得也多，還愁還不上錢？

「阿筠妳真好。」裴殊樂不可支。「還了二兩銀子，我心上壓的磚頭就少了兩塊，還剩七千多兩，得快點還完。」

顧筠道：「別貧嘴了，把這錢送過去給趙家，再拿幾粒粽子。」

李氏、張氏做了好幾天卻一直沒摸到錢，今天端午，正好送錢。

一千個銅板響噹噹，白氏非要留裴殊喝水，家裡沒啥好東西，就泡了糖水。

「裴公子，快喝水。」白氏真心實意道：「我們家多虧了您和夫人提攜，這才能賺錢，您可是我們家的貴人。」

裴殊不敢當。「妳言重了，兩個嫂子手藝好，做事索利，不然我們也不會讓嫂子過來幫忙。」

這話多漂亮，把人誇了一遍，還說是來幫忙的。

白氏道：「嘿，我兩媳婦別的不行，但老實本分。」

她怕裴家聽了誰的話，不讓兒媳婦幹了。

裴殊不明所以，也沒動糖水，坐了一會兒就走，繼續去做冰。

而顧筠拿了一枚銅板，交給春玉，等春玉餵雞的時候給抓蟲子的小娃。

家裡不缺人，也不能讓人白抓蟲子，因此一回給一枚銅板。

徐老太知道後嘆了口氣，裴家是不愛占便宜的，一枚銅板也是錢，就叮囑孫子狗蛋多抓點蟲子。

地裡有蟲子和雜草，要想收成好，就得把草和蟲子除乾淨，這個時代還沒有滅草劑和除蟲劑，只能彎著腰用鋤頭把草弄乾淨。

看地裡乾涸，之後還得澆水，六十多畝地可不是小數目啊！這個時代沒有橡膠水管，沒有水車，只能一桶一桶從池塘裡挑水，麻煩還累人。

但種地是為了自家，為了兩成糧食，也得卯足勁兒幹，沒人嫌苦。

沒有後世先進的儀器，老百姓種地就是看老天爺的臉色。風調雨順，那肯定是個豐收年，若是趕上大旱大澇，一年到頭辛苦就白費了。還有蟲災蝗災，每年種子都是去年留種，影響收成的因素有很多。

不過，單就灌溉來說，很好解決，因為莊子裡有池塘。

裴殊抬頭看了看天上明晃晃的太陽，自從搬過來後，就沒下過雨呢！過了端午，天氣肯定更熱，屆時地裡的莊稼被曬到葉子都耷拉下來了。要是以後幾天還是這麼大的太陽，遲早得挑水澆地。

裴殊跟趙老漢商量挖溝渠引水灌溉。

一來莊子就有池塘，從外頭引來的水，池塘底下興許還有泉眼，不用擔心水源枯竭。二來可以弄水車，原理跟水井旁的轉輪差不多，通過水力帶動水車轉動，水車上有扇葉，轉動時會讓水流動，水流動又能推動水車，這樣讓水從池塘流出去，順著溝渠流入田地，就不用人力擔水了。

裴殊看的書多，再說男人比女子對機械的興趣大，他還挺喜歡研究木頭塊呢。

但是趙老漢不這麼想，在他看來，有牛耕地就不錯了，已經省了不少力，莊稼漢就是從地裡刨食，面朝黃土背朝天，他們巴著裴家已經比旁人好太多了。

「裴公子啊，這不用費事，挑水幾天也就澆完了。」趙老漢看這水車的圖，他們六十多畝地，分三家種，一家不過二十畝，哪用得著水車。

裴殊道：「水車得裝，我說明白了，你看著做就成。」

趙老漢皺著眉，覺得裴殊亂花錢，都說了他們能擔水，家裡受裴家恩惠，別的沒有，他和三個兒子有一把力氣。

裴殊道：「趙叔，先讓李伯做一個試試，要是以後再買地，就種不來了。」

六十畝能挑水，那一百六十畝呢？總不能都靠兩條腿挑水吧。

趙老漢恍然，城裡人真的不一樣，裴殊想著賺錢買地，他們只想著攢錢吃肉。

於是，趙老漢任勞任怨去做水車。

各家有各家的過法，李老頭就擅長做木工，三個兒子打下手，每月還能接兩個大案子，日子可比其他兩家滋潤多了。要不趙家去賣餃子，徐家眼熱，可李家一點動靜都沒有，就是因為有底氣。

李老頭做完物件後，把圖紙原封不動還回去，繼續琢磨櫃子。

李婆子嫌他不會變通，圖紙擺著，多做幾個賣出去，還愁不賺錢？

李老頭道：「咱們清清白白的，哪能做那種事，再說了，圖紙是東家的，不問就取那是偷。」

李婆子指著老頭子的鼻子罵道：「那你也不看看趙家、徐家，都跟裴家打交道，你成天傻坐著，連兒子也跟你一塊兒，能賺啥錢。」

李老頭一手木屑。「這是東家的，做不做得問過東家，我哪能作主。咱家沒少賺錢，可沒短妳吃喝……」

李婆子更氣了，誰不稀罕錢，那可是好東西，裴家從城裡來的，那瘦死的駱駝比馬大，手裡也是攥著錢。

她擰著李老頭的耳朵。「那你去問問，這個能不能做著賣！」

李老頭應著。「知道了。」

李老頭慢悠悠地去裴家，問了問水車的細節。趙老漢中間傳話，難免漏了，有幾處得確認一下。

莊子裡民風淳樸，顧筠接手莊子有幾年了，這些人的性子不說摸透，也有五分了解，雖然有自己的心思，但大是大非上不會錯。若是李老頭去和顧筠說，顧筠興許問一嘴。

可李老頭問的是裴殊，他連媳婦心裡想什麼都猜不出來，怎麼可能猜一個老人想什麼？

於是，李老頭問完裴殊，就去幹自己的事了。

第十一章

五月中旬，棚子裡一堆事，那些白菜、青菜都能吃了。

別人家的菜都老了，而裴殊種的正是青嫩的時候，每日定時曬太陽，到晚上就搬回屋，不用風吹日曬，比地裡種的更水靈乾淨。而且味道不差，生脆可口，無論是炒著吃、蒸著吃都好，裴家還新推出了一種小白菜豬肉餡餃子。

春玉說這菜好。「夫人您瞧，菜葉上連隻蟲子都看不見呢。」

不在地裡，蟲子沒機會爬上來，自然就不會吃菜葉子。

用水沖洗一遍，不僅葉子乾淨，根也乾淨，這餃子拿出去賣，肯定是獨一份。

春夏之交是蔬菜最多的時候，還有山上的野菜，顧筠打算上山採些野菜吃一頓，吃不完的再做成餃子拿出去賣。

只不過，摘野菜可不輕巧，要彎著腰，用小鋤子貼著根挖出來，回來還要擇洗，再焯水包餃子，可費功夫了，因此一份新鮮的野菜餃子，肯定比羊肉的貴。

顧筠帶了春玉她們去，四個人各挖了兩籃，野菜還帶著微濕的泥土。她們回來之後趕緊把根和爛葉子擇掉，放木桶裡泡。

自從家裡賣餃子之後，裴家飯桌上就不出現餃子，畢竟剛開始試餡一天三頓都吃餃子，再好吃也禁不住天天吃。

顧筠也不太想吃餃子，再想到虎子，出去幹一天活，中午就是吃餃子，回來還是吃餃子，肯定會膩吧。

顧筠想得一點都不錯，從前虎子跟著裴殊吃香喝辣，如今吃這麼多天餃子，是有點夠了，但他知足，畢竟還有人吃不起肉餡的餃子呢。

顧筠道：「清韻，妳問問趙老漢家有沒有麵肥，咱們發麵蒸包子。」

清韻很快就借來麵肥，家家戶戶都用老肥，每次發麵留一塊，下回再用。她們將麵團揉進麵肥，再用盆子扣上，等麵發酵就成了。

野菜過水焯一遍，然後瀝乾水，剁碎。內餡用五花肉，去掉外頭的皮，肥瘦相間。剩下的皮可以做成肉皮凍，算是給家裡添一道菜。

裴殊看見肉皮凍，就想吃灌湯包，既然晚上有包子，就可以做來嚐嚐。

顧筠仰頭看著他。「夫君你還會做灌湯包呀？」

裴殊挺了挺胸膛。「妳瞧好了，這世上就沒有妳夫君不會的事。」

夫妻倆這般打趣，春玉她們都不好意思抬頭。

顧筠瞪了他一眼。「那你一會兒給我寫幾個字，比誰寫得好。」

裴殊討饒道：「妳饒了我吧！我那一手狗爬字，妳能看得下去？我承認，我就有一點點不會的東西……人無完人，要是什麼都會，別人豈有活路？」

裴殊從後世來，壓根兒沒摸過毛筆，幸好原身不愛讀書，不會露餡。

裴殊又說起灌湯包。「妳不是說要做肉皮凍嗎？阿筠妳想，把肉皮凍包在餡裡，用鍋一蒸，凍不就化成湯了嗎？」

這麼說顧筠就明白了，盛京可沒幾家賣灌湯包，要是做出來還能去擺攤，正好徐家、李家有人能幫忙。

顧筠拽了拽裴殊的袖子。「那夫君快做。」

裴殊是拿顧筠一點辦法都沒有，因為發酵過的皮，湯汁一浸就容易破，所以他要另外處理麵團。

做肉皮凍，光用豬皮也不行，裴殊去池塘裡捕了兩條青魚，去肉留骨，又讓春玉去旁邊莊子買了排骨、豬蹄和豬大骨，準備熬一鍋高湯。豬蹄膠質更多，軟爛黏糊，湯汁才能成凍。

這湯就熬了一個多時辰，直到太陽落山了，裴殊才停火，砂鍋裡頭全是濃湯，顏色微微發黃，還摻著碎肉，用筷子一攪，相當濃稠。

裴殊先盛了一碗，讓顧筠去一旁喝，碗裡有排骨、魚頭、豬蹄，喝了這碗，晚飯都不用吃了。

顧筠還想吃野菜包子呢！

裴殊把砂鍋裡的肉全撈出來，就留下黏稠的湯汁，五花肉那塊皮也燉得晶瑩剔透，裴殊把它放案板上切成了小丁，再放回湯裡，用小火慢燉，剩下的魚肉剔骨剁碎，加了雞蛋清，用香油煨著。

「夫君，弄魚肉餡的？」

裴殊點了點頭，目前湯汁是夠了，可餡兒不夠鮮，家裡池塘的魚沒腥味，做餡正好。

「要是有螃蟹更好，弄蟹黃餡的，更好吃。」裴殊看過幾本養殖的書，打算日後去問哪裡有賣蟹苗的人家，只要莊子不缺水，肯定能養成。

聽他這麼說，顧筠都餓了，她剛啃完半個豬蹄，就把碗遞給裴殊。「夫君，這是留給你的排骨、豬蹄。」

「把湯喝了，肉吃不完再留給我。」裴殊沒忘記要給顧筠補身子的事。

等顧筠喝完湯，他再把裡頭剩的排骨、豬蹄、魚頭全吃了，然後蹲在小灶前看火，時不時掀蓋攪一攪湯。

裡面的豬皮丁變得越來越小，裴殊不再添柴，等火熄了就把湯倒進陶盆，陶盆裡事先抹了油，就怕豬皮凍不好倒出來。

等春玉她們做好野菜豬肉包子，裴殊做的豬皮凍已經放涼了，用筷子碰一下，還能彈一下，顏色也是晶瑩剔透，裡頭藏著小小的豬皮丁。

這麼熱的天還能凝成凍，全賴豬蹄裡的膠質。再將凍切丁，拌進魚茸裡，裴殊手巧，包了一個又一個湯包。

顧筠在一旁學，時不時看裴殊一眼。她低著頭，藏起嘴角的笑意。

要是別人看見裴殊這麼認真地做菜、蒸包子，肯定不敢相信，也不敢想。

他從前可是最紈袴的公子，誰能想到他還會給妻子做飯，給妻子種草莓呢？要是知道了，就算裴殊不通文墨，也有不少人想嫁給他吧！

裴殊看了顧筠一眼，她低著頭，臉頰蹭了麵粉，但她人白，這時候的麵粉微微發黃，顯得人更白了。

裴殊原想提醒她，結果看了一眼，像是被什麼刺到了一樣，猛地低下頭。

他一直都知道顧筠長得好看……不過，再好看也是他媳婦啊！害臊什麼啊！

裴殊用手背幫顧筠擦了下臉，顧筠怔了怔。

他好有什麼用，他不行啊！不過他說得對，人無完人，現在有孩子花銷大，不要孩子挺好的。

裴殊可不知道顧筠一會兒就想這麼多，他做好湯包後，上蒸鍋。莊子用大鍋，柴火燒得旺，很快香味就飄出來了。

今兒吃飯晚，顧筠說那等虎子一會兒吧，每天早出晚歸多辛苦。

到了戌時，虎子才帶著兩個嫂子和新買的肉回來。

李氏、張氏回趙家，虎子提著肉回裴家，不過一會兒他還得離開，因為裴家沒地方，他現在是暫住趙家，等新房子蓋好，他就有自己的屋子了。

一進堂屋，虎子聞到迥然不同的香味。

「公子，夫人，今兒吃包子呀！」

顧筠道：「就等你回來了。有野菜豬肉餡的包子，還有你家公子做的灌湯包。」

虎子趕緊去洗手，要他說，離開國公府的日子一點都不差。

堂屋點了兩盞燭燈，桌上擺著三盤包子、一小盤肉皮凍，陶盆裡裝骨頭湯，味道淡一點，但是可以解渴。

顧筠吃了兩粒灌湯包，一個野菜餡的包子，算是吃得比平日多。

春玉三個也分不出哪個更好吃，只能說都好吃，而且野菜新鮮，往山上跑一趟值當。

目前還剩一半野菜，明天能包不少野菜餃子。

虎子餓狠了，吃了三個野菜餡的包子，五粒灌湯包。「公子，夫人，這也太好吃了！比餃子還好吃！」

他還喝了碗骨頭湯。

「那這麼說，包子拿去賣也能賺錢嘍。」顧筠知道街上有賣包子的，肉餡的三文一個，素的一文一個，小籠包十文錢一籠。

各地物價差不多，街頭小販生意，那些世家自然是看不上，可盛京不只有權貴，還有百姓。

老百姓吃的就是這些，現在想想一個月十兩銀子的定例，小廚房根本花不完。顧筠心思再細，也防不住那些偷油水的人。

裴殊沒想到灌湯包還能賣。他就想著吃，賣切糕是頭一會兒，雖然一下午賺了十幾兩，但生意不長遠，反觀顧筠想的都是長久且實實在在的……

裴殊的目光變得溫柔，心想，他得把錢快點還上。

清韻和綠勺也想去賣點東西，讓自己「有用」些；而春玉年紀最大，看著虎子都去賣餃子，她哪坐得住。

餃子攤就忙不過來，賣包子肯定要人手的。

顧筠就說了這麼一句，就讓大家繼續吃飯，擺攤可不是小事，光嘴上說說就行，就拿餃子攤來說，他們可準備了七、八天呢！

賣包子不急，明兒要賣野菜餡餃子，得定好價錢。

物以稀為貴，就有人愛吃這一口。老百姓靠野菜飽腹，達官貴人把吃野菜當雅趣。野菜餃子一份十五個，豬肉少野菜多，定價是七十文。

要是賣不掉就帶回來，畢竟是自己人辛苦挖的野菜，怎麼樣也值這麼多錢；若是賣得好，就詢問趙家的孩子能不能幫忙挖。

虎子也不知道野菜餡餃子好不好賣，不過別的餡是真好賣。

都說餃子配酒，越吃越有味，來買餃子的多是喝酒的人，一部分買回家給夫人子女吃。還有人想單買麻醬，因為麻醬實在太香了。有人買餃子回家，剩下的醬汁切點黃瓜絲，又是一道菜。

現在名聲慢慢地打響出去，來買餃子的人都端著碗來，五份一同煮，不用等太長時間。旁邊賣麵的攤子有樣學樣，也去鐵匠鋪子打了漏勺。

反正餃子攤生意很好，一天能賣百份以上。過手的銅板有兩千多個，每天能賺一兩多銀子。

雖然餃子攤生意穩定了，但虎子覺得還能賺更多，畢竟晚上不擺攤，要是擺，能賣到亥時去。

盛京城的晚上可熱鬧了！

次日一早，虎子把春玉她們準備好的餡料裝上車，帶著張氏、李氏去了城裡。

李氏和張氏學會駕車，畢竟虎子比她們年輕不少，不能總讓人家受累，多個本事多條路。

到了城裡，三個人先去筆墨鋪子，裴柴、裴鍋又挑了水，歇了一會兒，就推著車去巷口。

往常羊肉餡、豬肉香菇和三鮮的餃子賣得好，這幾天，豬肉小白菜賣得也好。昨天虎子吃了野菜包子，覺得野菜餃子肯定差不了。

「嫂子，先包羊肉和野菜餡的，等客人來了就煮。」

過了巳時，攤子前頭就有客人了，這附近大家都知道麻醬餃子好吃，都來這裡買。自然有人有樣學樣，但是餃子料沒有裴家的實在，麻醬也沒有裴家的好吃，客人們還是認這兒。

餃子現包現煮，一眼望去就能看見有什麼餡。

「來一份羊肉的，一份香菇……別了，要份小白菜的吧。」客人愛吃小白菜的，五月中旬小白菜長得有些老了，裴家賣的新鮮。

李氏拿了一份小白菜的，下鍋之前，她問了一句。「客官要不要嚐嚐野菜餡的？」六份餡，野菜和小白菜長得差不多，只是野菜餡裡菜多肉少。

客人來了興致。「野菜餡？啥野菜，山上採的嗎？」

虎子道：「山上採的苦菜，不過焯過水，苦味不重，七十文一份。」

七十文一份餃子，委實有些貴，不過這是野菜，過了現在就得等明年了。

「那要一份羊肉的，一份野菜的吧。」

等餃子煮好，後頭已經排了好多人，客人一心等餃子，自是沒注意他們要了什麼餡，不過看裝野菜餡的陶盆下得最快。

很快地，預先備好的二十份野菜餡餃子全賣完了，賺入一兩四百文銀子。

李氏把帳算明白，覺得裡面有大賺頭，她婆婆和孩子都能上山挖野菜，閒著也是閒著啊！

七十文一份的餃子，有錢不賺是傻蛋！

「虎子兄弟，你不用愁野菜，我婆婆帶著幾個孩子去挖就行了。」

雖然婆婆還要幫蓋房的工人做飯，但只要能賺錢，累一點也無妨。

於是，趙家的孩子都去山上挖野菜，徐家的孩子每天去地裡捉蟲子。

李婆子著急，可著急也沒用，賣湯包的活計最終沒落到李家頭上。

顧筠從徐家挑了兩個媳婦，跟著過來學做湯包。

灌湯包跟普通包子不一樣，首先模樣精緻小巧，再來皮薄褶多，一個湯包最起碼有十八道褶，而且放多少餡也是有數的，不能一個多一個少。

徐家大媳婦和二媳婦學做湯包，徐大嫂的兒子大牛幫忙燒火、刷鍋等粗活。

顧筠捨不得三個丫鬟幹粗活，莊子上的男人都在蓋房，她又不放心兩個嫂子，再說馬車就那麼大，裝不下太多人，於是，頭幾回就讓清韻幫著，後面就不用去了。

如今多了灌湯包生意，春玉三個得在家準備餡料。

莊子上的人沒簽賣身契，防人之心不可無，得把方子攥在手裡。

徐大嫂、徐二嫂認認真真地學，兩人都做慣了活，手不至於太笨，一回生二回熟，幾次下來就有模有樣了。她們拿兩屜蒸好的湯包回家，有二十個，夠全家人嚐鮮。

徐老太守得雲開見月明，臉上笑出好幾道褶子，她先吃了一個湯包，結果弄得四處都是湯。

徐大嫂恍然想起，顧筠好像說這是灌湯包來著。「娘，夫人說這是灌湯包，得先喝湯，再吃餡。」

徐老太道：「這城裡人還真多花樣。」

包子餡還不是豬肉，是魚肉，從裴家端過來有點涼了，但是一點都不腥。

徐老太把兩個兒媳好好叮囑一遍。「去人家那裡做事，手腳勤快點，乾淨點。」

「娘，我們知道了。」

徐老太滿意地點點頭。「東家可說了怎麼給工錢？」

徐大嫂道：「夫人說按利分成，給徐家二成利，半月一結。」

這話一出，徐家十口都驚呆了，豈不是賣得越多，賺得越多？那就相當於給自家做生意啊！

徐老太的臉樂成一朵花，這包子可不是麵做的，那是金子做的！

「那你們更得好好幹了。大牛，你是男娃，要多幫你娘和二嬸幹活知道嗎？要有眼力見兒。」徐老太還另外囑咐了一句。「裴家讓你們過去是看重咱們家，可不能想有的沒的，安守本分。還有，蟲子還是得抓。狗蛋，就別拿裴家的錢了。」

一文錢也是錢，眼皮子別那麼淺。

莊子裡傳來幾聲犬吠，又等了一會兒，傳來車軸聲，是虎子和趙家兩個嫂子回來了。

鄰里鄰外，誰家有點動靜都知道，趙家的孩子成天上山挖野菜，徐家的孩子從早到晚抓蟲子。

李婆子帶著兒媳婦們準備晚飯，和趙家、徐家不一樣，李家頓頓有葷腥，哪怕是油渣肉丁，那也比沒有強。

但李婆子現在有種深深的恐慌和無力感，這是從前沒有的。她有三個兒子，三個孫子，一個小孫女，閨女早早就嫁人了。

老頭子有手藝，每月都能賺一兩銀子，兒子們也能吃苦耐勞。莊子上三家，李家日子過得最好。

現在趙家出去賣東西，聽說是賣餃子，一個中午就能賣光，賺入大把大把銅錢；徐家也和東家走動，眼看兩個媳婦也要過去學手藝。

悶聲發大財，趙家、徐家賺了多少肯定不會去外頭碎嘴，但是……說不準哪天就把李家比下去了呢！

李婆子去西廂房找老頭子，看他拿個榔頭鑿啊鑿，不免怒從心中起。「你說說你，你去問是會死嗎？你不去我可去了！」

李老頭說：「妳要去妳就去。」

李婆子是鄉下老太太，家裡說一不二，但在外頭就畏縮了，典型窩裡橫。裴家可是盛京來的，瘦死的駱駝比馬大，李婆子心裡就沒底氣。

李老頭道：「唉，順其自然吧，做這些也是幫東家做，又不是不給錢。妳一個勁兒地爭什麼？該輪到了自然就輪到了。」

李婆子不想搭理他，可是讓她去找裴家她又不敢，就在心裡憋著一口氣。

不過，她盯著徐家，也不見徐家兩個媳婦出門，那就意味著生意還沒做起來。

幾天後，顧筠帶著兩條魚、一包點心拜訪李家。

為了張羅湯包生意，目前還缺幾樣東西，其中一樣就是蒸籠，起碼得二十個，還有藤編席簾，要跟籠底一樣大。

李婆子一見到顧筠，手腳都不知道往哪兒放。「夫人，老頭子懂木工，他一看就知道能不能做了，我去叫他，您喝糖水！」

鄉下沒茶，平日鄰人來端杯水就行，也就是顧筠來才泡糖水。

李家的三個媳婦年紀比顧筠大不少，都有些拘謹，幾個孩子安靜地待在娘身邊，就瞪著大眼睛好奇地看。

不一會兒，李婆子就帶著李老頭進屋了。「你快瞅瞅，這個能做嗎？」

李老頭看了眼圖紙，籠子外頭是竹片，這個用火烤一下彎過來就成，籠子底是竹條編的，方便透氣，一籠一籠摞著，口和底得連接得密不透風，從下頭湧上來的蒸氣才不會漏出去。至於藤編席簾更簡單了，他家老婆子就會。

看了一會兒，李老頭就弄明白了。「這個能做，夫人要幾個？」

顧筠道：「先做二十個，不夠了我再來訂。」

顧筠沒提前打聽過價錢，所以問了李老頭要多少錢合適。

李老頭道：「一個給二十文就成，那個席簾不費事，一文錢一個。」

算一塊兒共四百二十文。

李婆子扯了扯老頭子的袖子，小聲道：「夫人過來，你算便宜點，可別多要。」

顧筠放了半兩銀子。「勞您快點做，多的錢買點肉補一補。」

顧筠看李婆子盯著銀子不動，目光還透著點不好意思，說道：「我們從盛京來，說起來也不太體面，盛京城肯定有不少風言風語，應該會吹到這裡幾句，初來乍到，還指望你們照顧。」

顧筠笑了笑。「都是鄰居，肯定能幫就幫，我們也見識過不少，知道誰好誰壞，肯定不會厚此薄彼，這個不用擔心。」

有人的地方就有事，顧筠可不想再生事端。

這三家不是奴才，肯定有自己的小心思，但心性不壞，能籠絡自然是籠絡。

李婆子臉上火辣辣的，顧筠才多大，深宅大院裡長大的姑娘，比她這個老婆子強。

「我們都懂得，夫人要是還需要什麼，儘管說。」

顧筠在這兒，李婆子反倒不好意思提出李家想做轉輪水車拿去賣。

顧筠離開之後，李老頭去做蒸籠，李婆子和幾個媳婦一起編席簾。

半兩銀子呢，夫人出手真大方。

第十二章

等五月下旬，裴家的新房要蓋好了，就差木地板了。鋪木地板是李家的活，只有李家跟木頭打交道，其他人都沒這個本事。

對李老頭來說鋪木地板是頭一回，木板不能太厚，也不能太薄，得先刷一層清漆防治腐蝕、犯潮。下頭是黏泥，左右前後都得用膠黏上。

鋪上木地板之後要晾個七、八天，李老頭做活仔細，收邊平整，牆面也抹了漆，窗戶一打開，看著特別敞亮。

白氏跟自家老伴說：「等咱們家有錢了，也蓋這樣的房子。」

趙老漢道：「我看行，看這院牆，看這院子！」

裴殊挺滿意的，等選個黃道吉日就可以搬進去了。

對了，他差點忘了，晚上得和顧筠說新鞋的事。

裴殊朝趙老漢他們拱拱手。「有勞諸位，家裡準備了好菜好飯，大家好好吃一頓！」

這話是顧筠囑咐了，房子蓋了一個月，午飯都是白氏忙活，最後一頓得裴家請。

顧筠又問了木地板的事，她住在侯府、國公府的時候沒見過這麼好的地板，若是讓李家出去做工鋪地板，家裡也有進項。

雖然主意是裴殊想出來的，但是怎麼鋪，如何防蛀、防蟲都是李老頭想的法子，若是能賺錢，分潤李家六成，裴家四成。

「阿筠，得新做拖鞋，這樣地板就不會髒了，我晚上先做一雙給妳看。」裴殊一笑，露出八顆牙，亮閃閃的，他都等不及搬家了。

他和顧筠的屋特別敞亮，就是夏天熱，肯定不能燒炕。

今兒裴家請客，這頓飯是感謝莊子眾人的幫忙。日後喬遷，還得再宴請一回呢！

中午菜色不錯，有冰糖肘子、紅燒排骨、糖醋鯉魚、清水攢肉丸子、麻醬黃瓜、涼拌豬耳朵、燒雞、白灼蝦，湊足了八樣菜。

吃飯的人都是蓋房子的幫工，有十幾個，雖然自家的孩子沒帶來，不過能盛碗剩菜讓他們帶回去吃。

就這菜色，自家過年都吃不到。

一碗菜下頭壓著米飯，上頭有肘子肉、兩塊排骨、魚，還有不少肉丸子。拿回去之後沒人嫌是剩菜，熱過之後，晚上就是一頓好菜，不過天熱留不到明天了。

天變熱了，生意沒以前好。

新開張的湯包攤沒挨著餃子攤，而是擺在城東，這邊也挺熱鬧的。
清韻深吸一口氣，帶著徐家兩個嫂子開始蒸，灌湯包的香味一飄就是好遠。
鮮香的灌湯包，可愛的燒賣，總共就兩樣，但是一點都不比別人家生意差。
蒸熟不久，生意就來了，不過客人以為這是賣小籠包。
「我來一屜小籠包，多少錢一份？」
清韻給徐家大嫂使了個眼色，她不會一直跟來，得讓徐家兩個嫂子站出來，能獨當一面才行。
徐大嫂拿著乾巾擦了把手，緊張地拿著乾巾不放。「客官，我們家賣的不是小籠包，而是灌湯包，一屜八個，二十文一屜，也可以買半份。」
徐二嫂趕緊把蓋子掀開，讓客人看。「內餡是魚肉，一點都不腥，裡面還有湯，可以先喝湯再吃餡。還有荷葉燒賣，也是一屜八個，十文錢一屜，有糯米、香菇、肉丁的。」
蓋子掀開，才見廬山真面目，湯包皮是橙光色，透著微光，還晃了晃，因為皮太薄了，能看見裡頭飽滿的餡；而荷葉燒賣，用荷葉做外皮，糯米飽滿圓潤，肉丁、香菇丁清晰可見，看著也忒好看。
「那一樣來一屜吧！」三十文也不少，在城南，可以吃兩份餃子。
徐大嫂提醒了一句。「湯包剛出鍋，燙，喝湯的時候得小心點。」

「謝謝大嫂啊。」

賣出去一份，很快就賣出去第二份，這條街上都是煙火氣，什麼都有賣。盛京百姓比別處人家手裡有餘裕，出來喝個小酒是常有的事。

近中午，湯包攤賣了一個多時辰，一個客人買了，她們就立馬蒸第二籠，這麼一籠一籠蒸。徐家兩個媳婦沒想到生意這麼好，好得出乎意料，就是她們畏手畏腳的，有客人問過就走了。

看著進錢匣子的銅板，站一個多時辰也不覺得累。

過了中午最忙的時候，客人就三三兩兩地過來，清韻她們有閒吃飯。

但是徐大嫂捨不得，他們徐家三人，一人一份灌湯包，那就是三份，六十文錢呢！拋去成本也有三十文，徐家分兩成，那就是六文，他們三個一人啃個饅頭，不吃灌湯包也值啊！

清韻還不知道有這種算法，她也是驚呆了。雖然搬出了國公府，可日子也不難過，每天該吃該喝，就沒愁過。

看徐大嫂、徐二嫂還有餓著的徐大牛，清韻很難理解，過陣子她就不跟著了，興許他們真這麼幹，自己啃饅頭，灌湯包全賣了。

清韻斟酌著說道：「嫂子，這每日一份飯，在定例裡的，吃不完可以帶回家，畢竟總有吃膩的時候。但是吃饅頭填不飽肚子，妳們扛得過去，那大牛呢？」

大牛很瘦，長得還高，這孩子瘦成這樣，當娘的不心疼啊？

清韻道：「吃飽了才有力氣賣東西，賣完之後要刷洗，還得從城裡趕回去，一個多時辰的車程，不吃好一點怎麼行？」

徐大嫂訕訕地應了，一天生意好是不差那六文錢，這麼一想就通了，也不計較那些錢。

到了下午，還剩兩屜包子、一屜燒賣，清韻就準備收攤了。

清韻說：「賣不完的帶回去，不能一直拖著時間。」

清韻還要早起準備餡料，加上餃子餡，實在不能一直跟著。

徐家兩個嫂子都老實，一一應了，回到鋪子，擦車、刷蒸屜，又放在太陽下曬，一群人又熱又累，不過甘之如飴。

回去的路上更累，一行六個人，人擠人，清韻跟虎子坐外頭。

馬車跑著還有點風，虎子道：「這會兒還涼快，中午熱死人了。」

清韻的臉有些紅。「過去也就好了，等搬新家就好了。」

新家有水井，有新廁所，雖然她還和綠勺住一間，但是比現在住的寬敞多了，三人睡一屋，太熱了。

虎子也高興，新家有木地板，乾淨的牆面，每間屋子都有桌子，他們四個以後不和公子夫人吃飯，就在小廚房吃，總算有個章程。

今兒回去吃飯，一進屋，就感覺一股涼氣撲面而來。

虎子看堂屋擺了一盆冰，冰裡還臥著大西瓜。

「冰？公子！從哪兒弄來冰啊？」虎子圍著冰盆抖衣裳，恨不得把頭扎進去。

他想，該不會是國公府送來的，要麼就是二小姐……若是國公府送的可不能要，他虎子有骨氣。

裴殊端著飯碗出來。「我做的。看這冰，不比往年的差吧。」

豈止是不差，這多涼快啊！

虎子恨不得吃一口。「好多了，是我見過最好的冰！」

「行了，等著吃飯吧！」

夏天自然要吃涼麵，滷味有番茄雞蛋還有豆角肉丁，除此之外還炸了辣椒油，家裡也有做好的麻醬，想吃麻醬麵也可以。

吃涼麵可真涼快啊，吃完再啃兩片西瓜，坐在冰盆旁邊待一會兒，暑熱全消。

虎子捨不得走，但是他得去趙家暫住，去趙家肯定不能大搖大擺帶著冰塊去。

顧筠嘆了口氣。「咱們快點搬進去新家，再忍幾天。」

作為家裡的女主人，啥時候搬家，她說了算。

雖然還沒鑿井，但搬進去又不受影響，只要先把拖鞋做出來就行，說實話，顧筠也受不了這麼熱的天氣。

吃過飯，有春玉收拾碗筷。裴殊回了屋，他坐下倒了杯水，不看向床上。

顧筠趴在床上，床下放著冰盆，夏天熱，她平時吃完飯就梳洗，躺床上搧風。今兒夏天的傍晚有風吹進來，再加上冰塊，特別涼快。

顧筠摸了摸身上，一點都不濕黏，很乾爽。

夏天她穿得少，反正她和裴殊是夫妻，既然是夫妻，涼快最重要。

待了一會兒顧筠坐起來，把旁邊的針線筐抱過來，開始勾鞋。

她只要做裴殊和自己的兩雙，剩下的交給綠勺她們就行了。

裴殊說，鞋面只有一半，前面開個口，沒有鞋後跟。直接穿進去，很方便。

顧筠做了一隻，給裴殊看。「夫君，你看是不是這樣？」

裴殊聞聲看過去，卻沒看鞋子。顧筠穿得很涼快，肚兜外頭披一件紗衣，穿得不規整，什麼都遮不住。青絲綰著，露出細長的脖頸。

裴殊喉結滾了一下。「是。」

「你坐那麼遠，能看出什麼來，到底是不是？」顧筠抬頭看向裴殊。「你過來呀。」

裴殊灌了一口水，走過去看了看，顧筠的針線活很好，她用細布條擰成繩子，一排一排從鞋底穿過去，既透氣又好看。

應該是做給他的，顏色是深藍色。

「對，就是這樣。」說完，裴殊又坐了回去。

他一直坐著，等到吹燈才回去，顧筠都做好一雙拖鞋了。

裴殊終於鬆了一口氣，夏天熱，自然不會指望顧筠蓋被子。夜裡她會翻身，會不小心碰到他，裴殊都會覺得難熬。

有時他甚至想，搬去新家有那麼多屋子，乾脆他們一人一間。

但是念頭來得快去得快，因為裴殊不敢保證，過了夏天，顧筠還會讓他進屋。

從國公府出來，他很難再把顧筠當成妹妹。

誰家妹妹會不管不顧跟上來？只因為他是顧筠的夫君。

顧筠睡著了，手搭在裴殊身上，裴殊拉著顧筠的手，然後握住。

這樣總不會還搭到他身上吧！

半夜，裴殊被熱醒，下床往冰盆裡添了兩塊冰，後半夜才睡個好覺。

早上醒來沒那麼熱了，但等到太陽昇上來，地上又烤得火辣辣。

裴殊剛做冰，量不多，只能等未時最熱和天黑的時候再用，最好還小心些，若是有人問起，就說是國公府派人送來的。

顧筠沒打算賣冰，一來冰太少，自家還不夠用，二來賣冰不是小生意，有錢人家才能用得起。

有錢人家用冰，價錢就不能低，盛京達官顯貴多，若是賣，難免疏漏得罪人。他們小門小戶，若出了事，國公府未必會伸出援手，侯府想來也不會，所以賣冰的事得等生意穩定了，在盛京站住腳之後再說。

反正新家院子高，踮著腳都看不見裡面，在家用冰就行了。

顧筠白日把兩雙拖鞋做好，又教了綠勺、春玉，再做幾雙備用。

三個人一起做速度快，兩天工夫就做好了十雙拖鞋，顧筠看著顏色、形狀還挺好看的，想著要不要拿出去賣。

餃子攤和灌湯包一天能賺三、四兩銀子，一個月下來就是近百兩，一半讓裴殊還欠條，剩下的算是公中進帳。

筆墨鋪子每月進帳是另一本帳，她的嫁妝是自己的，那是她存給孩子的。

蓋房子花了二十五兩銀子，還準備鑿一口井，得花更多銀子。

不過她對新房子總體還是滿意的。

搬家前兩天，顧筠寫了封信給裴湘，又寫了一封給侯府，言明蓋了新房，以後就在莊子安定下來，一切安好。

搬家前一天，顧筠開始張羅明日的宴席，一共兩桌，請大家過來吃。

每桌六道主菜：豆角炒肉、蒜黃炒雞蛋、糖醋排骨、紅燒鯉魚、羊肉燉蘿蔔、香菇燉雞，還有兩道涼菜：麻醬黃瓜、涼拌豬蹄。

買了兩壺酒，兩桌菜花了近一兩銀子。

由於上回房子蓋好，裴家請吃一頓大餐，這回三家都沒打算去太多人。

白氏直說顧筠辦事地道，沒因為他們種地就瞧不起，在莊子上盡可能拉攏三家，一定得記著這恩情。

三家平日也走動，就說起在外頭聽到的閒話，別看莊子裡靜悄悄跟世外桃源似的，外頭的話可難聽。說最多的就是裴殊不如人，兄長考功名，他狗屁不是，拖累妻子，還說顧筠眼瞎耳聾，這種人不早早和離，竟然堂而皇之讓夫君吃軟飯。

徐老太道：「別聽他們放屁！裴公子和夫人待咱們不薄，可別做狼心狗肺的事！」

李婆子道：「我的兒子媳婦都叮囑了，不敢亂聽亂說，要我說，裴公子以後絕對能起來。」

以後裴家有錢了，再置辦莊子又不放心外人，興許就提拔他們。

白氏道：「裴家看重咱們，咱們不能順著桿子往上爬，做得不好，他們肯定請別人。」

徐老太連連點頭。「是，是，好好幹活才是正事！」

李婆子看著兩人，趙家賣餃子，徐家賣湯包，就李家啥都不幹。

「欸，妳們說說這陣子攢了多少銀子，攤子生意怎樣？」

白氏和徐老太對視一眼，閉口不言，她們又不傻，這種事裴家不開口，怎敢往外說。

李婆子嫌她們小氣，不說就不說，她家老頭子還幫裴家做木頭家具，也賺了不少錢呢！

顧筠在屋裡收拾東西，說是明天搬家，但今天就陸續搬一些物件過去，等明天再把床鋪運過去，不然累一天，哪有空做午飯。

首先是顧筠的嫁妝，裡頭有些家具、瓷器、擺飾、布料，還有她的書和琴。其中一部分放進西廂房，充做庫房用，東西一搬進去就落鎖。鑰匙有三把，她拿一把，清韻一把，剩下一把給裴殊。

新房正屋大，琴和書就放在裡面，顧筠在窗前放了一只白瓷花瓶，還去池塘裡折了兩枝荷花，擺著甚是好看。

屋裡沒有床，是用大炕，從左到右橫鋪過來，比床大兩倍，鋪子、被子都是新的。

屋裡櫃子是從國公府帶出來的，有些年頭了，古樸耐用。櫃子前頭有一面屏風，屏風前頭有一張小几，顧筠裁了一塊帶花的布料，把四周都鎖了邊，鋪在小几上。小几旁有兩把椅子，也做了墊子和軟枕。棕色的木地板擦得乾淨，看上去比澄心院還要好。

右手邊的屋子是書房，新製的書架上頭放了不少書。桌子是舊的，筆墨紙硯都是從鋪子拿來的。帳本鎖在櫃子裡，鑰匙一樣分了三把，顧筠和裴殊各一把，春玉那裡放了一把。

正屋三間，顧筠和裴殊住一間，還剩一間做堂屋。

西廂房庫房一間，另外兩間做客房，以後有孩子也住這邊。東廂房有廚房，還有庫房，秋日存糧用，順便給裴殊種菜。

前頭的一進院子給虎子他們住，清韻、綠勺住一間，虎子、春玉各一間。

虎子他們沒住正屋，而是住在廂房，因顧忌男女大防，所以安排虎子在西廂房，三個姑娘住東廂房。

門房還空著，誰守夜就住在這裡。院子整潔乾淨，也不見什麼雜草，裡頭的地能種菜種花，至於雞、鴨則養在外頭。

院門十分大氣，臺階打掃得乾淨整潔。周圍沒什麼房屋，若是想擴建也方便。

再擺上拖鞋，明天把其餘物件搬進來，就算搬家了。

第十三章

六月初一，裴家從三間舊屋搬到新家，陽光大好，屋子亮堂堂，前後通風，也不覺得多熱。

進屋就換上拖鞋，地板不會被外頭的土踩髒，坐在炕上，還能看見後院的風景。

裴殊也喜歡新家，炕很寬，鋪上竹蓆，躺著很涼快，晚上睡覺的時候可以把冰盆放炕上，這樣更涼快。

「阿筠，」裴殊喊了顧筠一聲，夫妻對視，他傻樂兩聲。「咱們搬新家了。」

顧筠往裴殊身邊坐了坐，家裡很多事都是裴殊張羅的，顧筠知道他的辛苦，正是因為這份辛苦，顧筠才格外珍惜這份感情。

「我手裡還有一百三十兩銀子，看看還缺啥，先添置出來。」顧筠倒是很樂意和裴殊說家裡事，這又不是她一個人的家，只有裴殊知道了才能明白她的辛苦。

這是月初，新做了本帳，以後公中是公中的，先頭沒錢，就用她的銀子應急，她也不另外算了。

因為經營餃子攤，裴家確實賺了一筆錢。

近期虎子說起盛京的攤子，好像只有裴家賣小白菜。

因為裴殊種的菜乾淨水靈，留幾顆育種，剩下的吃完再種，總能供上貨。前兩日有人問，他家的白菜哪兒來的，怎麼這時候還有小白菜，看樣子是想買貨。還有三、四家陸續過來詢問，也不知道是哪個府上的。

裴殊的棚子還沒搬過來新家，顧筠常過去看，棚子裡從前只有六個木筐子，現在有二十多個，再加上八個種香菇的木槽，聽著多，但是看上去一點都不擠，還很整齊。

木筐五個一摞，三摞一排，就靠牆擺著，擺了兩排，木槽六個一摞，放在北牆角，那裡最陰暗潮濕。

正是因為見過城外的窮苦百姓，顧筠才知道吃飽飯不是件容易的事。

如果所有人都會這麼種菜、種糧食，那何愁沒地，何愁吃不飽？

這個念頭在腦子裡一閃而過，顧筠心裡熱，腦子卻清醒，窮則獨善其身，達則兼善天下，裴殊做的這些，是許多人想做卻做不到的事。

匹夫無罪，懷璧其罪，他們沒有本事護住這些，就只能藏著掖著。

顧筠握緊裴殊的手。「夫君，棚子裡的東西咱們自己搬吧。」

裴殊起初還傻愣愣的，後來懂了。「我明白了，等天黑了，我搬過來。」

院牆建那麼高，就是防止別人偷看，一樣的道理。

顧筠點了點頭。「我試著做拖鞋出來看能不能賣。」

說到賣拖鞋，有點愁人，衣服、鞋子和吃食不同，一樣東西好吃就是好吃，吃完讓人念念不忘，三日不絕，吃了還想吃，所以才會有第二次、第三次。

而大多數人很少出去買衣裳、鞋子，普通百姓都是自家扯布做，富裕人家有繡娘，更不用出去買。

顧筠看拖鞋雖然方便精巧，但是很好做，鞋底再縫上鞋面就好，手巧的媳婦一看就能學會了。

既然要做生意，就得做到別人難以模仿，把鞋底、鞋面做得柔軟舒適，讓人只想穿她家的鞋子，不想穿別人家的。

顧筠心裡暗暗記下，誰知道做鞋還有這麼多細節呢。

夫妻倆一個坐著一個躺著，待了差不多半刻鐘，就聽春玉在外頭喊道：「公子，夫人，二小姐過來了！」

裴湘來了。

顧筠趕緊起來。「你快起來，妹妹來了。」

裴湘一大早就往這邊趕，但是路上耽誤的時間長，到這兒還是晚了。

「嫂子！我過來了，可需要幫忙？」裴湘今天穿了新衣裳，料子是扎染的，最適合夏日穿。「我帶了點料子和點心，賀兄嫂喬遷之喜。」

顧筠笑道：「人來了就行，還帶什麼東西。外頭熱，快進屋。」

走這幾步，就曬出一身汗，裴湘笑了笑。「都是布坊的東西，不值什麼錢。」

她一邊走一邊看新家，院子很齊整也很大，用鵝卵石鋪的小路蜿蜒到高臺下，拾階而上，穿過堂屋，就到了後院。四四方方的院子，坐北朝南，比澄心院不差什麼。

裴湘放心了。

顧筠指著西廂房道：「為妳準備的屋子，進去看看合心意否？」

裴殊看姑嫂兩個說著話，自己則去後頭棚子。

裴湘很喜歡新屋子，很大，花瓶裡插了荷花。「來時就見池塘裡一片荷花，屋裡竟然也有。」

初夏有人遞帖子給她約賞荷，裴湘沒去，自從那次後，她就鮮少參加這種亂七八糟的宴會，有空還不如多去布坊看看。

顧筠道：「喜歡的話，給妳帶幾枝回去。」

裴湘笑著點頭，把荷花放在鼻尖聞了聞。「放一些在布坊吧，夏日藕荷色的布好賣。」

說著，裴湘低頭看了看腳上的鞋子，這是進屋換的，她還有點不好意思，當著嫂子的面前脫鞋。

不過有襪子和裙子擋著，這樣還挺方便的。

顧筠問起布坊生意，怕她一個小姑娘應付不來，裴湘一一答了。

「生意很好，我現在算是明白了，什麼叫做一招走遍天下。有藕荷、石蕊、雪青三色，怎麼染都是好看的。布坊的老師傅也拎得清，國公府來人問過，被我擋回去了，徐氏想把布坊要回去，我哪會讓她如意。她管著家，雖然帳上不作假，但這些年也撈了不少銀子，裴靖科舉，哪裡都要打點。」

裴湘越想以前，越覺得不對，但現在說什麼都晚了。

顧筠拍了拍裴湘的手。「若是煩悶了，就來這兒住。」

裴湘點了點頭。

顧筠又道：「妳看腳上穿的鞋子，能否賣出去？我閒著也是閒著，想找點生意做。」

裴湘又低頭看了一遍，說實話，這鞋子方便，比在屋裡穿的繡鞋還好看且涼快。「嫂子，妳給我一雙，我拿去問問。」

裴湘和顧筠想的一樣，這鞋子賣得便宜，浪費力氣，畢竟做出來也不容易，一般人家穿不起，只能賣給盛京的夫人小姐。

兩人坐了一會兒，覺得有些熱，顧筠剛想去拿點冰，裴殊就端著冰盆進來了。

「妳們先用，不夠了再去棚子拿。」

裴湘看著門口的冰，還沒反應過來，顧筠已經把冰盆挪腳下了，涼氣從腳邊傳來，看見冰好像就沒那麼熱了。

裴湘眨了眨眼。「嫂子，哪來的冰呀，國公府現在還沒用冰呢。」

顧筠說：「是妳兄長弄出來的，具體的我也不清楚。」

裴湘伸手碰了碰，可真涼快。

顧筠道：「這裡吃的多，什麼都有，妳留著住一晚。」

裴湘也是這麼想的，裴殊沒成親的時候，她跟兄長並不親近，現在反倒親近起來了。

今天中午為了慶祝喬遷，擺了兩桌宴席，莊子上的三戶人家各派代表前來祝賀。

飯後，裴湘拿了碗小米去餵雞，又讓車夫回國公府報個信，今晚住在莊子，明天一早車夫再來接她。

且不知徐氏等人是什麼反應，裴湘採蓮蓬、折荷花、撈魚、餵雞，覺得莊子上的日子有滋有味。

次日一早吃了十個灌湯包，喝了荷葉粥，裴湘才戀戀不捨地離開。

裴湘道：「嫂子，我會常來的。」

顧筠揮著手送馬車走遠，心裡澀澀的，捨不得。

裴殊知道，顧筠是想李姨娘，想她祖母了。可是昨日侯府沒有來人，連個送信的人都沒有。

「走吧，外頭熱，回屋待著。」裴殊拉了拉顧筠的手。

顧筠點點頭。「冰真是好東西，可以多冰點黃瓜、西瓜，夏天吃這些最涼快了。」

再過一個月，葡萄該成熟了，冰鎮葡萄也好吃。總而言之，這個夏天不會難過。

兩人拉著手回家，顧筠回屋盯帳本，想鞋樣，還有生意上的事。

虎子說天氣熱生意不太好，收入極好的餃子攤都這樣了，別的攤販生意更差，於是提議早點過去或者晚點回來，多擺一陣子，這樣賺得多一點。

盛京城晚上很熱鬧，虎子跟裴殊見過那樣熱鬧的街景，所以他覺得有賺頭。

但是太晚了，顧筠怕出事，不是只有裴家人去做生意，還有趙家、徐家的媳婦孫子，若是出事了，她擔待不起。

等錢攢夠了，她打算在街上租幾間屋，做生意的晚上就住那兒，這樣中午、晚上都能賣，一天收入能翻一倍。

盛京一進一出的宅子，一個月租金二、三十兩銀子，現在餃子攤和湯包攤只做中午生意，若是晚上也擺攤，肯定夠每月租金。

雖然多了租金成本，但算下來每月利潤還是能翻一倍，顧筠只擔心趙家、徐家不願意。

幫工是兩個兒媳婦，女人家在外頭住，當婆婆的能願意嗎？

隔日一早，顧筠就去詢問白氏的意思。

白氏確實不放心兩個媳婦出去，女人在外頭天天不回來，城裡也沒個照應。

顧筠道：「您若是不放心，可以讓老二兒子或是老三兒子跟著過去。夫妻倆有個伴，您也放心。」

白氏道：「欸，這敢情好，那行，這就這麼定了。什麼時候房子定下來，我就讓兒子一起過去。在那之前，還是兩個媳婦去。」

顧筠又道：「也得學學如何包餃子，您兩個兒媳婦手藝好，手法細緻。」她知道無論是普通百姓還是富庶人家，除了當廚子的，少有男人下廚做飯。要是不會包餃子，去了也沒用。

「這我曉得。」白氏笑得直咧嘴。「他要是學不會，我用棒槌打也給打會了。」

和白氏說完之後，顧筠就去了徐家。

徐老太也是這麼個主意，讓一家過去，好有個照應。

顧筠自然把好好學做湯包的手藝說了一遍。「您媳婦做得就挺好的，讓她好好教就是了。」

這事雖然定下來了，不過白氏和徐老太的兒子們不怎麼樂意，大男人怎能去做飯呢？

白氏道：「大男人還吃飯呢！別給我廢話，要是搞砸了，我抽死你！」

當然這都是後話了。

晚上虎子回來，從車上拿下一個包袱。「夫人，這是侯府五姑娘託小的帶過來的。」

顧筠一愣，把包袱接過來，叮囑虎子。「快去你屋子吃飯吧。」

天黑了，這小包袱卻好像發著亮光。

裴殊偏頭看了顧筠一眼，她眼眶好像有點紅，像是在強忍著淚意。

裴殊拉著顧筠回屋。「家裡帶了什麼給妳，快打開看看。」

顧筠盼了一天，就想讓家中知道她一切都好，嫁得良人。

包袱有三封信：一封是李姨娘寫的，說不必擔憂她和承霖，承霖身體好轉，等有機會會來看她；一封是祖母的信，信裡沒有別的，而是五百兩銀票。

顧筠看了許久，才拆開第三封，是顧槿寫的，先是祝賀她喬遷之喜，又說過去兩個月了，也不知道她日子過得怎麼樣，究竟是怎麼個安好。

顧槿寫了好多，都是些閒聊抱怨的話，信尾說從前她有諸多做得不對的地方，希望顧筠別放在心上。最後問了日後月中去城外布施的事，上個月顧筠沒去。

顧筠心裡脹脹的，當即回了信，她忙到忘了布施，以後月中都會去。

包袱裡全是吃的，還有幾塊好料子，顧筠收到櫃子裡，這下心安了。

「走啦，快去吃飯吧。」顧筠扯了扯裴殊的袖子。

昨天搬家，晚上是大家一塊兒吃，從今天起，就是他們兩個一起用飯。

裴湘回府之後，放幾枝荷花在屋裡，剩下的連著拖鞋一起帶到布坊。有幾個人來問，裴湘解釋拖鞋怎麼穿，又說若是喜歡，就做一雙。有人問起價錢，裴湘說一兩銀子一雙，樣子可以自己選。

待了一下午，有人訂了三雙鞋子。

回到國公府，已是傍晚，裴湘剛換上拖鞋，正院的徐嬤嬤就來了。「五姑娘，公爺請您過去一趟。」

裴湘跟著徐嬤嬤過去。

國公府依舊如昔，路過的丫鬟低頭行禮，規矩極好。

裴殊離開之後，起初有人說閒話，後來二公子裴靖懲治了兩個下人，就沒人敢說了。漸漸地，就把曾經的世子忘之腦後，沒人記得了。

裴湘進了正院，見英國公和徐氏在喝茶。

待裴湘行了禮之後，英國公就開口道：「妳兄長近日如何？」

裴湘不知該如何回答，更不知他們想聽的是什麼。徐氏一臉淺笑，靜靜等著裴湘說話，又好像是在確認什麼。

見英國公神色有些急，裴湘低著頭道：「兄長和嫂嫂住在莊子，和莊戶一起辛勤勞作，沒去過一次賭坊，我瞧著竟比在國公府的時候好多了，也不知是娶親還是因為離開這裡。」

徐氏微微皺了皺眉。這不是她想聽的話，都快兩個月了，她想聽的是裴殊又忍不住賭錢，把身上為數不多的錢都輸光了，走投無路求到裴湘頭上，怎麼還過得不錯？鄉下泥腿子過得能有多好，別是說大話。

徐氏道：「五姑娘，雖然三公子不在府上住，那也是裴家人，就算有什麼不得已的苦衷，日子不好過了，家裡也會幫忙，妳不必為妳兄長遮掩，妳以為這是為他好，其實這是害了他。」

裴湘涼涼地看了徐氏一眼。「母親也知道當初為兄長遮掩，替他還債，縱容他賭錢，養成惡習不是為了他好，而是害了他。」

只可惜她那時太小，什麼都不懂，無力阻攔，這長大不就是一夕的事嗎？

徐氏的臉一陣紅一陣白的，在燭光下變來變去。「公爺，三公子非我親生，我如何對他都比不上親娘，故而才不知怎麼做，但妾身絕無害他之心……」

英國公道：「行了，都別說了。湘兒，妳兄長過得好就行，妳常去看看他。對了，今日叫妳過來還有一件事，為父準備請立妳二哥裴靖為世子。」

裴湘身子晃了晃，道：「家中一切全憑父親作主，無須和女兒說。」沒說兩句，裴湘就假借身體勞累，回院子了。

世子誰願意當誰去當，兄長能賺錢，才不稀罕這些。

某一瞬間，裴湘竟想著寧願把世子之位毀了，也不給裴靖。但裴靖遲早當上世子，兄長嫂子都離開國公府了，又能做什麼呢？

裴湘一晚上翻來覆去，醒了好幾次。

次日一早，裴湘派丫鬟去莊子，訂了三雙拖鞋，並將鞋底、樣板帶過去，順道送去不少碎布頭。

鞋子定價是一兩銀子，客人已付了一半定金，裴湘在信中叮嚀，鞋子舒適為次，但一定要好看，盛京的小姐最喜歡好看的東西了。

三日後，三雙鞋子送了過來。裴湘打開箱子一看，真恨不得是自己的尺寸，好留下來自己穿。

每雙鞋子都有一個木質盒子，四角雕刻著菱形花紋，看上去雅致大方。打開鎖扣，一雙精巧的鞋子映入眼簾，依舊是千層底，可鞋底周圍縫了雪白的兔毛，鞋面是米白色的，上頭是夏日荷花，荷花有六片花瓣，卻不是繡的，全是塞了棉花的布團，做得憨態可掬。

裴湘忍不住想這樣一雙鞋子穿出去，肯定不少人羨慕，可是這般離經叛道，也只能在屋裡穿，自己賞玩了。

有一個小姐要求涼快，所以她的鞋子、鞋底是用細軟的竹條編製，上頭圖案也好看。另一雙是用碎布縫了海棠花，鞋底上還有小花小草，也不知道嫂子怎麼想出來的。

裴湘看完鞋子，讓丫鬟送到各府，過了半個多時辰，丫鬟帶著銀子回來。

裴湘的意思是拖鞋不是人人穿得起，就這樣一雙一雙地訂製，那些普通樣子的倒是可以擺出去賣，放布坊也方便。

有人訂鞋子，她就把訂單送去莊子，三日後再來取貨。

裴湘心疼顧筠做這些，但是針線活基本上是春玉她們做，顧筠頂多出個主意罷了。閨房穿的鞋子注定不能一傳十十傳百，頂多閨中密友知道，又或是自己喜歡穿，想送給母親和家人。

不過訂單還是多了起來，訂單一多，就不能提那麼多要求，頂多要求顏色和大致模樣，也有些人看了樣子自己做，卻沒有裴家的千層底舒服，更沒有春玉她們做得好看。

裴湘時不時去莊子小住，這半個月，賣鞋子的收入就有二十多兩銀子。

顧筠打算把鞋子的生意暫緩，按裴湘的說法，讓莊戶上的人做，一雙便宜賣，薄利多銷。

這二十兩銀子，先去城裡租宅子。

虎子可不樂意，家裡有冰，有好菜，能睡個好覺，就算趕一個時辰的馬車，他也願意。

顧筠說：「每日趕車你不嫌累，幾個嫂子還累呢！若是在城裡住膩了，讓春玉她們替你去。」

顧筠一早跟著車去盛京城，不到中午就把院子租下來了。

一進的院子，算上廂房有七間屋，院子裡有口井，宅子就在城南胡同裡，來往挺方便，屋裡有木架床，帶著鋪蓋就能住進來。

租金一月二十兩，得先預付三個月，擺攤加上賣鞋子賺的錢，全搭院子裡頭了。

趙家來的是老二一家，徐家來的是老大一家，顧筠看兩個漢子挺守本分的，這是好事。

顧筠讓清韻跟著過來，負責調餡，做吃食生意靠味道，這些人雖本分也得防著點。

次日，兩家人辭別爹娘，帶著鋪蓋去城裡住，心裡還有些許忐忑。裴家人有魄力，說租房子就租房子，他們可沒有，去城裡住還是頭一遭，那可是盛京城啊！

徐老太和白氏叮囑了好幾遍，做事勤快本分，多幹活。另外，賺的錢得一文不少地拿回來，要是偷偷藏錢，沒他們的好果子吃。

去城裡是為了晚上也擺攤，虎子猶豫要不要做早食攤，多賺點錢。

顧筠道：「你們賣東西一天下來也不輕鬆，早食攤等生意穩定下來再說。」

在盛京雖然住的地方並沒有多好，但省了來回路上的時間，馬車也能空下來，隔兩天就用來運送香菇和小白菜。

就這麼安安穩穩賣了兩個月，轉眼到了八月，天氣就逐漸沒那麼熱了。

地裡的莊稼果實飽滿，今年雨水少，但是莊子的地沒有乾涸，因為有水車將池塘裡的水引出來，水流順著溝渠流進地裡，省了擔水的力氣。

莊戶上的三家就等秋收了，都是老莊稼把式，看得出今年是個豐收年。

趙老漢坐在田埂上抽旱煙，眼睛微微瞇著，徐老爺子嘿嘿直笑，他倆不像李老頭有手藝在，一年到頭都有工作，他們只有春秋兩季忙。再加上兒子媳婦能賺錢，一個月能賺十多兩，比往年一家人一年攢下的都多，糧食多，錢袋鼓，心裡就暢快。

聽說李家的媳婦跟著夫人做鞋子，也不知道賺多賺少。

不過賺多少錢跟他們沒關係，他們只關心地裡莊稼長得好不好。

話說回來，裴家的夫妻倆有本事，會做生意，夫人年紀小的時候就是管家好手，莊子種什麼都是她說了算。公子雖然傳聞不著調，但三個月多下來，瞅著和聽來的那個紈袴世子分明是兩個人，懂得弄水車，還知道養雞，經常從外面拉木頭回來。

趙老漢他們也知道一些，畢竟生意在那兒，還有人過來看香菇、小白菜。

眼看著地裡的菜都乾了，裴家竟然還能種出小白菜來，在他們的印象裡，只有天上的神仙才能在夏、秋種青菜。

春種秋收，是自古傳下來的道理，可是裴家的青菜一直都有，都快入秋了還有小白菜吃，可不是神仙嗎？

對於趙老漢和徐老頭子來說，成天和地打交道，就想多種多收成，裴殊有這個本事，他們就佩服，甭聽外頭說啥，要是他們也能跟著種菜就好了。

此時，裴殊出門送陳家管事離開。

陳管事一副笑模樣。「裴公子請留步，三日之後小人還過來拿菜，依舊是十斤小白菜，十斤卷心菜，十斤菠菜，十斤香菇，五斤平菇。」

裴殊道：「就這麼點菜你還跑一趟，家裡隔兩天就往盛京送貨，順道的事。」

陳管事道：「家裡老爺夫人愛吃，跑一趟也無妨。」

閒聊了兩句，陳管事帶著菜回去。

裴殊看人走遠，心裡鬆了口氣，他一向不理會盛京這些世家，也分不太清，是顧筠逼著他記，怕以後得罪人。

這是安定侯陳家，陳家二小姐陳婷蕓是顧筠的手帕交，生意當然也是顧筠牽線的。

入夏之後青菜少，偏裴殊養得青嫩，還脆甜好吃，顧筠就送陳家兩筐嚐嚐，然後這門生意就成了。

陳婷蕓心疼顧筠，原也是幫忙，結果家裡人都愛吃，兩天二十多斤青菜，外祖家也在盛京，送去一半，正好夠兩家吃。

家裡地方有限，每天還得送青菜去餃子攤，雖然來問的人多，但目前為止，只有這一家生意。

小白菜二十文一斤，卷心菜二十五文，菠菜十五文，香菇二十文，價錢可不便宜。但對陳家來說，這些菜吃得起，冬天也不用擔心沒菜吃。

陳管事送完菜，立刻回府，一進門，侯爺跟前的小廝過來傳喚他。

陳管事也沒慌亂，每回拿了菜，侯爺都會問。本來府上採買是小事，平日這些沒人過問，也能撈點油水，偏買菜每回都問。

陳管事已經處之泰然了。

安定侯只是問買了多少菜，菜是不是還和上回一樣好，陳管事一一答了之後便離開。

書房裡沒人了，安定侯可以靜下心想些事情。

他知道裴殊是英國公的兒子，過往頑劣不堪的事跡也傳到他耳裡，可見這個人多不著調。後來聽說裴殊帶著媳婦連夜離開國公府，再後來就是英國公請廢世子，前不久英國公立了二公子為世子。

這事沒在盛京翻什麼浪，別人家的事，再不著調，最多成為飯後談資。

安定侯以為裴殊就那樣了，結果前陣子家裡桌上出現新鮮的小白菜。

這個季節有不少食蔬，黃瓜、豆角、茄子、蘿蔔，再過一個多月，豆角等物也沒了，大白菜就是冬天少數能吃的蔬菜。

沒想到這個時節，居然還有鮮嫩可口的小白菜！

安定侯問這是哪來的，女兒說是裴家種的。

盛京就一個裴家，安定侯略一思索。「英國公府？」

陳婷蕓不大樂意聽，她柔聲道：「英國公府是英國公府，裴家是裴家，是分出去的裴家三公子。」

安定侯明白了，是裴殊，他怎會種菜了？

安定侯想了半天也沒想通，不過這生意卻是定下來了，訂菜兩天也就一兩多銀子，家裡人都挺愛吃的。

他們只顧著吃，安定侯卻想了別的。

這菜冬日能不能種？以後也是這麼貴嗎？能不能種多一點運到西北，給駐守邊關的將士吃？

冬日邊關太冷了，他待了二十多年，冬日是怎麼過來的至今不敢忘。盛京的世家一頓飯就能吃一兩多銀子，未曾想過那些將士連熱飯都吃不上，冬天就啃餅子，哪裡有菜。

冬日菜少，有人家裡莊子建了暖棚，種蔬菜吃，一些人有樣學樣，卻做不成，冬日菜還是貴。

安定侯盯緊裴殊種的蔬菜，再看看冬日還有沒有，若是有，那有大作為。

裴殊送完客人，在院子裡伸胳膊、扭脖子，還能聽見咯咯的骨頭響。

莊子有兩畝地種菜，都快熟了，往年是給顧筠送一些，三家吃一些，剩下的曬乾醃了，留著冬天吃。

今年不一樣，只吃一半，剩下的全部留作種子，等秋收結束，這片地全部蓋大棚。春天再拆，只要地裡肥夠，也不耽誤春種。

現在他種的菜夠吃還夠賣，家裡屋子多，他占了兩間。

當初蓋房子還剩一些磚頭木料，裴殊又託趙老漢弄來一些，想再蓋兩個棚子。

裴殊每天都很累，種菜不是撒個種、澆澆水就行，每天要定時，半夜還得起來，下頭的水也不是普通水，是草木灰、淤泥，以及肥料提取的水。

比農家肥好用很多，這也是為何裴殊能養出菜來。

現在除了青菜，還有小蔥、蒜苗、小蘿蔔，反正夠家裡人吃。

兩間屋子算是他的研究室，裴殊把菜檢查了一遍，才回屋，進屋第一件事就是換鞋。角落裡還放著冰盆，雖然天沒那麼熱了，還是涼快一些舒服。

裴殊把錢給顧筠。「陳家結的帳。」

顧筠收下錢。「先賣一家吧，還穩妥，等秋收之後再多種多賣，再多，你一個人也忙不過來。」

就裴殊一個人，兩屋子的菜就夠他忙的，顧筠怕把他累壞了，所以這陣子想法子給他補一補。

裴殊也是這麼想，再多種肯定就得雇人，雇人的話就會知道他是怎麼種的，不過只知其一不知其二，裴殊還是放心。

現在就等秋收了。

等秋收那幾天就不擺攤了，趙家、徐家的兩個媳婦肯定得回來幫忙。虎子、清韻也歇兩天。

顧筠這般打算，家裡人都沒話說，等吃過飯，春玉把正屋的碗筷收拾好。

陳家隔兩天就來取一回菜，陳管事還打聽有沒有把菜賣給別人，裴殊不說多餘的話，就怕多說多錯，一切以做生意為主。

第十四章

一晃就到了秋收，虎子他們從盛京回來，三家風風火火地收成。

今年夏天雨水少，趙老漢不知道別人家，但莊子收成不錯，六十多畝地，畝產三百多斤，每家分兩成，分了一千二百多斤糧食。

糧食要曬乾才能儲存，有這些糧食就不怕挨餓，再把地裡的玉米稈、大豆秧子，收拾好捆起來，可以當柴火燒。

趙老漢以為過了秋收就閒下來，結果裴殊說還要蓋棚子。

秋收好幾天，胳膊腿都不是自己的，趙老漢苦著臉問：「裴公子，蓋棚子幹麼啊？這都冬天了，冷得很，你就是想種點菜也沒法子，都凍死了。」

趙老漢苦口婆心地勸，就怕裴殊想不開，花那個冤枉錢。這城裡來的人就是愛折騰，折騰多了就窮了。

莊子六十多畝地，蓋棚子就得花一筆錢，而且這個時代沒有塑料布，全是磚頭堆磚頭，蓋棚子花的錢就更多。

裴殊道：「你說得有道理，那趙叔，先蓋十間，兩畝地的。你估計也知道，我在家裡弄種子、種菜，餃子攤的小白菜和香菇都是我種出來的，就是想冬天賺點小錢。兩畝地也不少，鐵定是要雇人的……」

趙老漢知道小白菜，兒子跟他說過，可春夏暖和，一到冬天，種子都發不了芽。

裴殊道：「咱們這邊靠著山，山上不少樹呢，我會燒炭，你就不用擔心天冷，種子發不了芽。」

趙老漢眼睛一亮。「你會燒炭？那直接賣炭不就成了！」

裴殊無語。「……」

這種事應該讓顧筠來說的，他嘴笨，說不清。

如果是顧筠就知道，世家用的炭有高低之分，什麼紅羅炭、銀炭，連個煙都沒有，普通的黑炭自然看不上。而普通百姓家裡燒柴火，不用炭。倒是有些窮苦人家，會打柴來賣，一捆柴一文錢，賣給那些腿腳不方便的人，都是辛苦活計。

裴殊解釋了一通，趙老漢才明白過來。「噯，那青菜能賣出去？」

裴殊笑道：「要不是現在種得太少，將來肯定賣得更多。」

趙老漢道：「那行，棚子得不透風，嚴實點，房頂也得結實，不然冬日下雪壓塌了。那種菜需要人幫忙嗎？」

「還是按分成，誰家幫工就分一成利，賺多多分，賺少少分，要是不樂意的話，也可以一天結一回工錢，十個銅板。」裴殊笑了笑。「冬天冷，幹活不容易。」

蓋房子幫工一天也就十個銅板，要是不幹，一入冬就閒下來了。

趙老漢接下蓋棚子的工作，至於幫工到時候再說，還得問問家裡老婆子。

秋收結束已經九月分了，天氣轉涼，顧筠也不用冰了，等糧食曬好，分出繳稅的部分再記帳上。

總的來說今年收成不錯，飯桌上都是新鮮的蔬菜，顧筠挑嘴，不愛吃蘿蔔和大白菜，就先放庫房裡。

忙完秋收，虎子他們就回盛京了。

收成後的第三天，下了場秋雨，淅淅瀝瀝，從早下到中午都沒停，站在院子門口，可以看見一池殘荷，荷花都謝了。

顧筠初夏嫁人，現在都秋天了。若是以前，下雨的時候她大概坐在窗前，撫琴賞雨，現在麼，得擔心糧食曬的情況，會不會發霉生蟲。

裴殊從屋裡出來，手裡拿了件薄斗篷。「穿上點，這天氣，還沒秋收的人家可犯難了。」

糧食被雨水一泡，就容易發霉，裴殊不知道別的地方收成怎麼樣。

顧筠道：「月中這兩回布施，吃不飽的百姓又多了，要是收成不好，冬日就得受凍挨餓。」

裴殊拍了拍顧筠肩膀。「別想這些了，興許什麼時候大部分人就能吃飽了。」

他們能做的事小，他現在能力有限，有心無力，不能只靠他一個人。倘若他還是世子，利用國公府的資源，肯定比現在容易得多，但世子已經換人了。

裴殊看著雨幕，使勁握住顧筠的手，他再使把勁，就能讓顧筠過上好日子。

再一晃眼，到了九月中旬。

安定侯看著家裡桌上的水煮肉片，面無表情地從裡面挾一筷子小白菜，吃到嘴裡味道還和從前差不多。

裴家竟然還有？難不成裴家有一顆金白菜，每天都能生小白菜？

安定侯問家裡還有多少菜，陳夫人說：「還有一筐，怎麼了？」

安定侯道：「給我拿一筐，一會兒去趟安王府。」

陳夫人問：「你就拿筐菜去？」

那是安王府，不是別處，拿筐菜過去像什麼樣子？

安定侯說：「讓妳拿就拿，有些事妳不懂，婦道人家別管。」

陳夫人翻了個白眼，她讓丫鬟去廚房拿菜，反正她話已經到了，要是他被安王趕出來，可別怪她沒提醒。

安定侯心裡也拿不準，但他隱約覺得，若是這事成了，那可就是利國利民。

安王府在城北朱雀街，安王乃當今聖上親弟，一母同胞，武藝高強，手握重兵，一年有七、八個月在西北，剩下時間才回盛京小住。

安定侯在邊關時，曾和安王共事。安王心繫百姓，心懷天下，如今四海昇平，國泰民安，他依舊常駐西北，不懼吃苦受寒，常與士兵同吃同住，從未因為自己身分高人一等就開小灶，為邊疆將士做了不少事。

九月初，安王回京，留了十多天，過幾日就要啟程回西北。

安定侯怕趕不上，他帶著菜進了安王府。「王爺，下官有一事要稟。」

安王雖比當今聖上小幾歲，看著卻沒有聖上年輕。「什麼事，說吧。」

安定侯把小白菜放書桌上，裴家的菜很乾淨，根上連土都沒有，倒也不必擔心污了安王府的桌子。

安王看著小白菜，面上露出幾分詫異。「南方來的？」

「不是，是盛京一家種出來的。」安定侯眉頭擰緊，話在心裡略斟酌一番，道：「這家菜已經種了好幾個月，眼看入秋了，種出來的菜還如開春時長的那般，既然有如此本事，不應該荒廢在種菜上。」

邊關將士不僅缺菜，更缺糧食。

安王目光微沈，他拿了一株小白菜，竟然不見蟲眼，折一下，有汁水滲出來，可見生嫩清脆，安定侯想到的，他也能想到。

邊關將士苦，吃得不好，挨餓受凍，若是能吃好一點，自然再好不過，可是……

安王問：「這菜多少錢一斤？想必不便宜吧。」

物以稀為貴，別人都沒有的只有他有，怎麼可能便宜。

「小白菜是二十文一斤，其他菜價錢差不多，下官明白王爺的意思，但是，這條路未必行不通。種菜人是裴殊，原來的英國公世子，因為太過頑劣被廢除世子之位，成親沒多久，就帶著媳婦離開國公府了，現今在莊子裡種菜，賺點小錢花。」安定侯咂咂嘴。「他做了十幾年的世子，突然間成了莊稼漢，賣個東西都得小心翼翼，連個靠山都沒有。」

安王靜靜聽著。

裴殊要靠山嗎？萬一他就想過小日子，賺小錢呢？他們就算把他綁來，他也不聽話，那怎麼辦？裴殊一個人，能種多少，怎麼夠邊關吃？

當裴殊的靠山，裴殊能回報什麼？

安王道：「侯爺的意思不是從裴殊那裡買菜，而是讓他替咱們種菜。」

打過仗的都有點匪性，安定侯道：「王爺，咱們知道心疼百姓，但有些人不知道，就想著往自己兜裡撈錢，要是知道裴殊能種菜，頭一個想的就是籠絡過來，乘機哄抬菜價，過冬狠狠賺一筆。裴殊要是不聽話，就把他媳婦抓過來，反正英國公不管他。」

安王斥了句胡鬧。

安定侯道：「但咱們不一樣，咱們找人，幫裴殊種菜，然後他可以做他的生意，狠狠賺有錢人的錢，邊關將士也有得吃，兩者並不衝突，怎麼方便怎麼來。」

裴殊缺的是權和錢，而他們缺的是糧食和菜。

安王沒說話，他有些猶豫。

安定侯又道：「唉，咱們就是請裴殊幫幫忙，以後給他撐腰。王爺，您想想邊關的將士。」

將士們從小離家，幾年沒回過家，就吃白菜、蘿蔔，日子苦啊！

安王道：「你先別想這麼多，冬天天冷，家家戶戶都沒菜吃，送邊關的更少，裴殊也未必種得出來。本王明白你為將士著想的心，但此事還得觀望。如你所言，裴殊若是能為邊關將士做些事，為百姓做些事，本王護著又何妨？一個世子之位沒了就沒了，他自己有本事，何愁以後沒有出路？」

安定侯嘿嘿一笑。「這事交給屬下就行了。」

事不宜遲，安定侯趕緊去莊子。

陳管事熟這條路，有他帶路不怕找不著地方。

鄉野農間，秋收一過，地裡都乾巴巴的，玉米稈子、秧子堆了一地，剛下過雨，地上還有積水，過來的時候經過好幾個莊子，裴家這個竟然是最小的。

安定侯見了裴殊，言明來意。「裴公子幫忙種菜，其他的事可以交給我們。」

裴殊問：「種子你們出，人力你們出，且不管我自己種菜，你們的菜確定運到邊關？」

安定侯其實很早就有這個想法，但不好辦，糧草都是國庫批的，老百姓繳稅，稅充入國庫，但是國庫的銀子不只給將士吃，還得修水庫、建城牆，所以只能自己想辦法。

他剛看了裴殊種的菜，奇也怪也，不用土，一間屋子能種比屋子大五、六倍的地。

這不用開荒，不用土地，只需要種子就好了，節省了大量人力、物力、財力，於江山社稷大有裨益。

裴殊讓安定侯進屋，是怕惹事，話都能聽明白，不過……

「侯爺先坐，這事兒我說了不算，得問過我夫人。」

安定侯無語。「……」

裴殊去找顧筠，陳家總來拿菜，她也沒當回事，而且顧筠也不認識安定侯。

「來買菜的？」

裴殊點了點頭。「算是，不過他想做更大的生意，來的人是安定侯。」

「安定侯？」

買菜一個管事還不夠？侯爺都來了！

裴殊道：「妳先別急，安定侯也是來買菜的，他的意思是我幫忙種菜，他出人出力，且不干涉咱們把菜賣給誰，種出來的菜一文錢一斤，全部送往西北。」

送往西北，進軍營，充做糧草。

顧筠心怦怦直跳，她想過以後多為百姓做點事，可從沒這麼大膽子，一下就和安定侯搭上線。

陳婷芸說她父親年紀大了告老還鄉，也就是說不在西北，如今駐守邊關的是安王，安王上頭是皇上。

安定侯此行，安王可知道？

顧筠拍了拍胸口。「夫君，你容我想一想。」

安定侯遞了一把登天梯給他們，若是搭上這條線，賺錢事小，為國出力事大，就算以後有人想找麻煩，那也得掂量掂量。

有天大的好處！

裴殊笑道：「妳慢慢想，不急的。」

裴殊想讓顧筠過上好日子，這是毋庸置疑的，最多他就是忙點、累點，若是做得好，與許替顧筠掙個誥命。

顧筠喝了一大口茶，喝完，總算靜下來了。「夫君，其實離開國公府後我就想過簡單踏實的日子，在莊子上挺好，做點小生意，賺點小錢。搭上安定侯，上頭還有安王，安王上還有皇上……他們嘴上說說，看著輕鬆容易，可我怕，種菜的是你，辛苦的也是你……」

顧筠不在乎有錢沒錢，她是怕做不好，出事惹來殺身之禍，與其那樣，還不如不賣了，就賣湯包餃子，靠她的嫁妝鋪子過活。

裴殊就是想踏實過日子，離開國公府後靠自己的雙手吃飯，要真因為這個受無妄之災……

裴殊一時不知說什麼，顧筠是真的擔心他、在乎他。

安定侯嘴上說先種，他只管種菜，別的一律不用他管，但真出了事，必然會受牽連。現在九月，菜長得也快，能種幾茬，送過去還來得及。

他一人之力微乎其微，可能十年、二十年下去，還在幾個莊子裡打轉，如今有安定侯幫忙，甚好。

裴殊道：「妳別擔心，我沒事，有妳在，我不會有事的。妳放心，種地而已，在哪兒都是種。」

他以前做研究，工資不高，就是為了讓百姓吃好一點，每天也挺累的，現在有顧筠在，他倒是不擔心。

既然不會種不出來，為何不試一試？

顧筠道：「我去見一見侯爺，這不是小事，不是嘴上說說就行。」

安定侯在堂屋等著，裴家很乾淨，地上鋪著木頭，擦得明亮，倒顯得他像個大老粗。

他不知道裴殊娶媳婦的個中緣由，不過女兒和顧氏交好，曾抱怨幾次，話裡話外說裴殊配不上她的手帕交。

女人家就是麻煩，裴殊也是，這麼點事都作不了主。

安定侯灌了一大口茶，等他喝完，綠勺就幫忙續茶。

喝了三杯，裴殊和顧筠才過來。

顧筠見了禮。「勞侯爺久等，離開國公府後，以為日子就這麼平平淡淡過下去，卻不想侯爺光臨寒舍，實在惶恐。侯爺的來意，夫君已經說了，但妾身和夫君都是普通百姓，只想安安穩穩過日子，這事恐難以……」

說著，顧筠嘆了口氣，不大好意思地看了安定侯一眼。

做事是做事，好處是好處，她不是裴殊，裴殊就是傻愣子，安定侯說啥是啥，替人白白種地都樂意。

辛苦勞累，可別最後吃力不討好啊。

安定侯有點急。「噯，裴夫人先別下定論，可能是裴公子沒說清楚，這種菜只會送往西北，幫工定然守口如瓶，生意該是裴家的自然還是裴家的，我們絕不摻和，若生意做大了，裴公子需要幫忙，我們也只要點分潤當辛苦費。賣不賣，賣給誰，還由裴公子作主。此乃本侯肺腑之言，老夫見邊關將士受凍挨餓，於心不忍，所以才有這個不情之請，還望裴公子和夫人答應。」

顧筠道：「侯爺的難處，妾身都明白，可是盛京不是侯爺的盛京……」護不護得住，不是嘴上說說，就拿英國公來說，他現在瞧不起裴殊，日後未必不會把裴殊的功勞歸到英國公府。

清官難斷家務事，安定侯也會管？

「裴夫人，妳信不過老夫，總能信得過安王，信得過皇上吧？若裴公子一心為百姓著想，我卻放有心之人害了裴公子，又或是眼紅，殺雞取卵，把裴家的東西據為己有，豈不是讓天下百姓心寒！」安定侯道：「夫人謹慎小心在情理之中，本侯可請人擔保。」

裴家賣菜一向小心翼翼，從餃子攤打聽，夥計一律說沒有，若非陳婷蕓與顧筠交好，陳家未必買得到菜。

本來是為了搭線做點生意，結果攀上一棵參天大樹。

「裴公子，裴夫人，我可以寫書契。」安定侯倒是有幾分欣賞夫妻倆謹慎的性子，給了最後一層保證。

顧筠看向裴殊，裴殊點了點頭。

這個時代並沒有專門的農業研究基地，百姓自己種地收成，家裡地多的就雇人，收成好不好，全看老天爺。

裴殊靠上安王，也算是本朝第一個農業研究基地，雖無一官半職，但安定侯說了，若是立下功，立馬稟明皇上，論功行賞。

安定侯給了裴殊兩把鑰匙。「這是城北的莊子，兩處，裴公子隨意用，莊戶的人皆簽了賣身契，大可放心。若是你這兒有啥活，把他們叫過來也行，明日……不，下午就送種子過來！」

事情算是定下來了，等過兩日見了安王，那就是板上釘釘。

安定侯了卻一樁心事，臨走前，裴殊裝了點菜給他。「以後陳管事還是隔兩日拿一次菜，缺什麼跟我說，不必客氣。」

安定侯不大好意思，他跟英國公不一樣，挺看得起裴殊，更不覺得種地丟人。

一回府，安定侯就和自家夫人說，要和裴家來往走動。

話是說了，但安定侯沒說清楚，陳夫人還以為是英國公府。

安定侯道：「不是，是裴殊，和英國公以後就別走動了，我看他是個糊塗蛋。」

陳夫人說：「你別話藏一半，好好跟我說說。」

安定侯只說了一半，說要和裴殊做生意。「不是普通生意，關係著百姓和江山社稷，裴殊跟他媳婦管這塊，多的妳就別問了，聽我的沒錯。」

男主外，女主內，安定侯管不了別人家，但自己家不會亂了章程。「讓閨女多和裴夫人走動，以後興許給咱家多送點菜吃。」

等天再冷點，可就熱鬧了。

裴殊送安定侯離開後，就回了屋，見顧筠不在，裴殊又去書房找，這回找著了。

裴殊拿杯子喝了一大口茶。「安定侯走了，咱們可要去看看他說的莊子？」

顧筠不太懂種地，往年莊子春種秋收，她只過來記個帳小住兩天而已。可裴殊懂，也不知道他一個公子哥兒，怎麼喜歡和種子打交道？

「夫君，這菜究竟怎麼種，需要多少人？聽安定侯的意思是，一個多月後得送一批菜，天看著冷了，是不是還要買炭？」

裴殊道：「炭肯定得買，菜不能冷著，我的意思是跟家裡的菜一樣，蓋棚子用木筐種，這樣省地方，而且等天更冷了，能搬出去曬太陽。」

植物生長離不開陽光，從上午巳時到下午申時，有六個小時能曬太陽。

這個時代沒有塑料布，玻璃造價太高，導致大棚的造價也高，冬日菜重金難求。普通百姓家都是吃白菜、蘿蔔，更有菜乾、醃菜的。青菜成本高，一向賣得極貴，裴殊賣小白菜一斤二十文，其他菜的價錢都差不多，反正不便宜就是了，普通人家也吃不起。

裴殊自己配肥料，但需要人看著育苗，灑水換水，按時把菜搬到外頭曬太陽，以及燒炭，維持裡面溫度。

用木筐種菜不用擔心蟲卵，種出來乾淨也方便收成，而且不受環境地形限制，南北都能種。

按安定侯的意思，把菜送到西北，若是不好送，可以去那邊種。

顧筠把裴殊說的話記下來，她可以學起來，到時候幫忙裴殊。

「你留的種子我用荷包裝好了，荷包上繡了字。」顧筠看種子挺多的，反正可以一邊種一邊留，還有小包草莓種子和瓜種。

莊子有果樹、柿子、甜瓜，以後可以多種一些，等賺錢了就買地。

顧筠從錢袋裡拿出十兩銀子。「你身上沒啥錢了吧，先拿去用，省著點花。」

裴殊看著銀錠子，收下了，問道：「這還算欠條上嗎？」

顧筠笑道：「咱們是一家子，哪用得著啥都寫欠條呀，我就是怕……」

怕裴殊再去賭錢，所以錢攥得緊。

裴殊嘿嘿笑了兩聲。「那下午去城裡，再看看還缺啥種子，買點別的東西。」

顧筠道：「現在用得著炭嗎？可以讓安定侯送來。」

自家用的，以後安定侯應該也會送。

這事到時候告訴裴湘一聲，至於英國公府的其他人，就別說了。

顧筠和裴殊下午去了盛京城，看街上東西還不少，有秋收的果子、葡萄、蜜瓜。

顧筠買了幾串葡萄、三顆蜜瓜，又去餃子攤那邊探望虎子等人，並留下兩串葡萄、一顆蜜瓜。

自從搬到盛京城，虎子從早到晚在城南巷口擺攤，餃子啥時候煮都行，零星幾人也是生意，一天下來賣兩百多份。

和周圍一片攤販也熟了，這邊的人都挺熱心的，有時中午不想吃餃子，虎子就和別的攤子交換包子或是一碗麵。

他們都知道麻醬餃子賣得貴，也不好意思占便宜，就會多給麵，多加點菜。

話說回來，這餃子是真好吃，別的攤子就開頭幾天生意好，後面就慢慢淡下來了。麻醬餃子不一樣，開頭生意好，後面生意更好，還有人大老遠過來買餃子，連帶附近的生意也跟著好起來。

虎子愛說話，趙家兩個媳婦老實，熱氣騰騰的餃子攤，秋冬最滋補。

麻醬鹹香好吃，是餃子攤的招牌之一，另一個就是小白菜的餃子，秋天青菜極少，小白菜餃子就沒漲價過，買的人比以前還多。

餃子賣得好，來問小白菜的人也不少，虎子都給擋下來了。

顧筠就來看看生意。「葡萄和蜜瓜帶回去吃，別累著，早點收工回家。」

虎子說：「知道，不累。」

等兩人離開，附近攤主問虎子。「這誰啊？」

怎地這麼好看啊，這一對男女穿得普普通通，可相攜就跟神仙眷侶似的。

虎子道：「我家公子和夫人。去去去，啥都打聽，我得做生意了。」

小攤販看著兩人的背影，覺得有點眼熟，再看虎子，也覺得有點面熟。他瞇著眼想了半天，才想起來是誰。

這不是裴家的公子嗎？從前總在街上逛，這回被趕出來，竟然收心了。

也是，有這麼好看的媳婦……

攤販只是看看，倒也沒想別的，裴殊就算不在國公府，那也不是他們能比的。

看這生意，不就比他們的好嗎？

第十五章

幾日後，安王請裴殊來府小坐，簽訂書契，一式三份，裴殊拿一份，安王一份，安定侯一份。

簽完書契，裴殊就離開了，臨走前，安定侯道：「裴公子，要怎麼做你決定，不過咱們做事是做事，不能打著王爺的旗號招搖撞騙，否則王爺也護不住你。」

安定侯語氣平淡，裴殊卻打了個冷顫，他雖不會這麼做，但是王權富貴，如水中月鏡中花，稍有不慎，行差有錯，就會摔得粉身碎骨。

裴殊道：「侯爺放心。」

九月底，市面上最後一茬青菜也沒了，裴家開始對外賣青菜，價錢和賣給安定侯的一樣，就在餃子攤擺著，一天一百斤，多的就沒有。

買餃子的在左邊排隊，買菜在右邊排隊，一家買兩、三斤，總能輪幾十個人。

順順當當賣了三天，第四天一早，天還沒亮，就有一個矮個子男人去餃子攤那兒排隊，天都沒亮，自然沒人，等虎子他們過來，他便撂下二兩銀子。

「我來買菜，全要了。」

李氏和趙老二好言相勸。「我們這做小本生意的，這都來這兒買菜，大家夥兒你一斤、我兩斤的，都能吃到一點，你要是全買了，後面的人買什麼？」

「你們這麼多話做什麼，我又不是不給錢。快點，收了錢我就把菜運走了。」

男人把錢往趙老二那邊推了推，就想彎腰搬菜。

「慢著，做買賣講究你情我願，我不賣你。」虎子把錢扔了回去。「你全買了，別人吃啥？我賣給誰都賺這麼多錢，憑啥非得賣給你。」

「你怎麼說話的……」男子自然不愛聽，眉頭一皺，只不過他沒虎子高，人又沒他們多，氣勢上就矮了一截。

「怎麼說話的？你怎麼說話，我就怎麼說話。你買一百斤想幹麼，自家吃也吃不完吧，想買了轉手賣出去？一斤賣二十五、賣三十文錢，轉手一次就賺不少呢。」虎子把人給哄走。「走走走，別擋路，想做生意，做買賣，自己找貨去。」

有人過來，圍著看了一會兒熱鬧，才看明白到底怎麼回事。「哎，怎不幹點人事呢，你買了轉頭抬價賣出去，臊不臊得慌！」

「滾滾滾！」

「真是不要臉，啥便宜都想占，還以為自己挺聰明！」

男人心思被猜透，臉上發熱，便拿了銀子跑遠了。

虎子道：「行了，來買菜的在右邊，餃子還得等一會兒呢……」

夫人說過，賣菜可以硬氣一點，不怕事。

虎子雖不知顧筠為何這樣說，總之聽就對了，今兒有人上門想買低賣高，當他傻啊？

右邊隊伍都是早起趕著買菜的人，有男有女，有老有少，站最前頭的是一個老婆子，眼裡冒著精光。「小哥，來兩斤小白菜。」

虎子秤了菜。「拿好。」

老婆子給了四十個銅板。「小哥，咱們以後賣菜是不是得有數，你看我這老婆子腿腳也不靈便，一大早起來就怕買不著。唉，我媳婦剛生孩子，就想吃小白菜，要是全讓別人搶了，我們吃啥呀。」

虎子說：「大娘，有的家裡人多，有的家裡人少，所以有人買得就多一點，買個五斤、六斤都行，但要是買十斤、二十斤，我們就不賣了。」

一百斤菜，也就夠四、五十人買。

老婆子拍了拍胸口。「那以後我還是早點過來。小哥，這菜賣到啥時候？以後會不會多一點？你這才兩簍子，也不夠啊。」

虎子也不知道家裡有多少，反正每天早上都有人來送菜，他不認識那人，每回兩簍子放宅院門口，剩下的菜在馬車上，不知道送到哪兒去。

「大娘，種菜不容易，我們儘量多種點。」虎子說了兩句，就招呼後頭的人買菜。

趙老二和李氏一個燒水一個包餃子，早秋乾冷的天，因為這巷口添了幾分暖意。

一刻鐘，菜就賣完了，虎子看後頭還有不少人，道：「今兒的沒了，明兒趕早吧。」

「怎回事，我排半天了，說沒就沒了。」

「就是啊，都等著呢，怎沒了……」

「昨兒我來就沒買著，今天起大早，真是晦氣。」

「我最倒楣，前頭的都有，就我沒有。」

虎子道：「菜一共這麼多，每天賣都是一百斤，為啥前頭人能買著，不就是因為人家來得早嗎？還是那句話，做買賣講究你情我願……」

的確是這麼個道理，可是一大早空等，誰的心情都不好。

一人小聲嘀咕了句。「一個賣菜的神氣啥，不知道的還以為賣金銀珠寶呢。」

「明兒我可不來了，有這工夫，還不如在家裡睡覺呢！」

人群慢慢散開，有幾個排到左邊餃子隊伍去了。

趙老二往灶裡添了兩把柴，去旁邊洗了手，然後和媳婦一起包餃子。

趙老二覺得稀奇，他覺得餃子賣得好是因為好吃，蘸著麻醬吃太香了，所以生意好，這沒得說。那小白菜怎麼也賣得好呢？他們家過冬就吃大白菜、蘿蔔、酸菜，年年冬天都是這樣。

二十文都夠割一斤多肉了，吃肉不香嗎？

趙老二想不通，但虎子明白，從前跟著裴殊吃香喝辣，冬日酒樓裡的菜，一桌就好幾兩銀子，有時候還買不到。

有暖棚的人家吃得了青菜，沒有的人啥都吃不到，即使南方暖和能種菜，可運過來菜要麼凍了，要麼爛了，怎麼吃？

盛京有像趙家一樣的窮人，自然也有富人，除了二十文一斤的白菜，還有三兩六塊的點心，一兩一道的菜餚，不照樣有人買？

虎子敢說，這菜就算賣得更貴，翻兩、三倍，那也有人買，只是公子和夫人沒有把價錢定那麼高罷了。他剛賣菜的時候秤菜收錢，也沒注意太多，這些人裡估計還有「熟人」。

忠勇侯府的人採買了五斤小白菜，樂呵呵地回府。「今兒菜單上加一道水煮肉片，一道珍珠翡翠白玉湯，剩下的菜做白菜餃子，我看夫人挺愛吃。」

忠勇侯府的莊子有暖棚，但是菜還沒長出來，就先從外頭買著。

二公子孝順，前陣子替夫人買了餃子回來，見夫人喜歡，便前天一大早去排隊買小白菜，做了道菜哄得夫人眉開眼笑。

不過這買菜的事該他們奴才來，還有油水撈。

攤子的菜新鮮水靈，吃起來還有股淡淡的甜味，比莊子暖棚出得早，還好看。而且莊子的菜種出來有些黃，從街上買的就挺綠。

餃子攤和灌湯包每月能賺近百兩銀子，再加上送菜賣菜賺的錢，一個月裴殊能還六十兩銀子，剩下的六十兩算是存錢。離開國公府後，家裡已經存下一百三十兩銀子。

莊子上兩畝地蓋了十個棚子，和裴殊之前用的大棚不一樣，這個棚子只留通風口，其他地方嚴實，連個窗戶都沒有，以保暖為主。

安定侯給的兩個莊子全部蓋成這種棚子，加起來三百來畝地，得蓋一千多個棚子才行。

李老頭這回接了一筆大單，莊子兩畝地的筐子全從他這兒做，一個棚子裡三百個筐子，這些木筐就能賺六兩銀子。

有這份賺錢的差事，顧筠肯定是先發包給莊子上的人，但李老頭家裡畢竟人少，安定侯又給了兩個月的期限，所以還是請了其他木工做筐子。

裴殊每日兩地來回跑，晚上回來還得育種，早起再過去，用了十多天，兩座莊子的棚子終於搭好了，他人也瘦了一圈。

晚上回來，裴殊在外頭洗了把臉，然後才換鞋子進屋。

顧筠看著心疼。「本來就不胖，這下又瘦了，吃多少才能補回來……」

裴殊沒覺得自己瘦，覺得自己結實了，他把袖子捋起來。「阿筠，妳摸摸我胳膊。」

裴殊微微使了點勁兒，胳膊上覆著一層肌肉，看著很有力量。

顧筠伸手摸了摸，是硬的。「我記得以前不是這樣的……」

世家公子又不習騎射武功，身上軟綿綿的，也沒什麼力氣，原身就是這樣。

裴殊來莊子之後，每天搬菜，來來回回搬幾十次，幾個月下來，力氣變大了，身上的肉也結實了，所以看著瘦了點。

顧筠是妻子，自然會擔心他、關心他，但裴殊希望顧筠能喜歡自己這個樣子，而不是覺得他瘦了，天天做好吃的，補成原來的樣子。

天已經黑了，後院除了他和顧筠沒有別人，門緊關著，就是他們夫妻二人。

裴殊把衣帶解開，把自己的胸肌、腹肌給顧筠看。「阿筠，妳再摸一下，是不是硬的，而且妳看這輪廓……」

有八塊呢。

顧筠愣愣地，看著裴殊眨了眨眼睛，屋裡點著兩盞燭燈，燈罩是用紗布做的，輕薄的一層，能清晰看見裡面跳動的燭火。

顧筠耳朵慢慢變熱，臉也紅了起來，她把手背到身後。「這什麼天兒，還當作六、七月呢，也不嫌冷，還不穿好……」

裴殊道：「我現在身體好，不怕。」說完，低頭自己看了兩眼。「我感覺比以前結實多了，出去也不累，妳別擔心我了。」

顧筠喃喃道：「結實有什麼用，行就是行，不行就是不行……」她看的醫書一點用都沒有，如果裴殊好了，身邊有一個如花似玉的妻子，怎麼跟沒事人似的。

裴殊沒聽清。「阿筠妳剛說什麼……」

顧筠皺著眉。「沒什麼，等會兒。」

裴殊正欲把衣帶繫上，誰知顧筠伸手拽住衣角，裴殊低下頭，就見顧筠把衣服往兩邊扒拉一下，然後手就摸上來。

她的手有點涼，裴殊被摸得身子一抖，感覺腰下都麻了。

顧筠瞧著裴殊的臉色，什麼反應都沒有呀，她在心裡嘆了口氣，幫他把衣服繫好。「行了，飯好了，咱去吃飯吧。」

裴殊扶了一下腰，想要站起來又坐了下去。「妳先去，我拿個東西。」

顧筠懶得理他，她心裡不好受，有些失望，又怕說什麼讓裴殊心裡更不好受，便去了堂屋。

因為家裡事多，春玉和綠勺也去幫裴殊種地了，如今他們夫妻幾乎都是自己做飯，有趣味，倒也習慣了。

等顧筠從屋裡出去，裴殊使勁搓了把臉。

呸，禽獸！不就摸了一下嗎？他激動個什麼勁，下回可不能這樣了。

裴殊緩了一會兒，去堂屋端飯端菜，有小米粥、蒸菜、四小塊蔥花餅，還有一盤中午剩的紅燒排骨。

顧筠問：「你去拿什麼了？」

裴殊總不能說自己在屋裡冷靜，他道：「看了一眼書，明兒得去撒種。」棚子搭好，接下來就是育苗。種子提前泡了五、六天，先鋪一層粗布，然後在上面撒種子。等種子發芽之後，按長的大小，一筐一筐地種，這樣長勢差不多，就不用後頭再花時間挑菜了。

顧筠點了點頭。「外頭有點陰，明兒怕下雨，夫君明日帶傘，多添一件衣裳吧！」

裴殊覺得自己愧對顧筠，他不乾淨，他骯髒。

「快吃吧，我知道你餓了。」顧筠不吃餅，排骨也是為裴殊準備的。

裴殊都能吃完這些飯菜，他吃得不少，就是不長肉，興許真如他所說，人結實了。

吃過飯，裴殊順手洗了碗筷，就這麼點小事沒必要等著春玉她們做，本來裴殊就沒那麼多的階級觀念。

他將屋裡的菜澆遍水，炭盆裡添兩塊炭。

明兒一早春玉和綠勺會摘了菜，再請人送到莊子門口，有人來接。現在菜送到安定侯府、安王府以及皇宮，總共三家，每日送一百五十斤，另一百斤拿出去賣，價錢都一樣，沒什麼不同。

這些都做完，一天的事才算忙完了，半夜再起床一次，添炭澆水就行了。

顧筠從櫃子裡拿出衣服及厚被子，如今天冷了，得多蓋一點。

家裡不缺柴火，爐子燒一會兒，炕上就有熱氣，炕上褥子鋪得厚，根本不會覺得硬。和床相比，炕更寬、更大且暖和，睡起來更舒服。

顧筠換了中衣，跪坐在炕上鋪床，裴殊搭了把手，視線儘量落在被子上，而不是顧筠的身上。

等床鋪好，裴殊道：「阿筠，要不咱們睡兩床吧，天冷，我怕我睡覺不老實……」

顧筠猶豫了一會兒，裴殊又道：「也還行，還是睡一個被窩吧，兩個人暖和。」

萬一顧筠睡習慣了，以後也這樣怎麼辦？

顧筠皺了皺眉。「你今兒是怎麼回事，吃飯的時候也是，還有晚上那會兒，怎麼說話顛三倒四的。」

裴殊道：「我今兒有點累，腦子不清醒，快睡吧。」

顧筠道：「那我幫你捏一捏吧，我幫祖母捏過，很舒服的。」

裴殊消受不起，他也受不了。等顧筠鑽進被窩，他趕緊把等燈吹滅了，也鑽進去，不小心碰到顧筠的手，已經不涼了。

等她再大一點，就能做些別的，顧筠現在做的事，就是仗著他「不行」。其實她什麼都不懂，也不是故意的，竟然弄得他心慌意亂，真是……

裴殊在心裡說：你可真是白活二十多年。

顧筠在一旁說著話。「過得可真快，用不了多久，錢就還上了，我白天算了帳，送去邊關的菜每月幾百萬斤。將士就十幾萬，每天吃，幾百萬斤其實也不夠，一斤菜一文錢，咱們也能拿幾千兩銀子。」

一開始她拿出嫁妝銀子還錢的時候，她還想過，若是裴殊還不上，那也沒辦法，總不能真的跟他要，再說了，以他以前的紈袴樣子，要也要不出來。

幸好……

裴殊沒算過帳，一聽嚇了一跳，幾千兩銀子，那還挺多的。「等結了帳，咱們去盛京最大的酒樓吃一頓，再買最貴的點心，還有最好看的衣裳！」

顧筠笑了笑，聲音低低的很好聽。「衣裳就不用了，布坊料子就挺好，我自己也會做衣裳，等明兒我做幾身冬衣。夫君的衣服，兩身藍色的，再來一身米白的。」

裴殊剛想說全做暗色的，省著變髒，天天洗，然後就聽顧筠小聲說：「夫君穿白色的好看。」

大約是因為在被窩裡，顧筠什麼話都敢說，裴殊道：「那行，妳做什麼，我穿什麼。」

家裡還有棉花和料子，不夠的話可以去布坊拿。

他常出門還要做護膝、鞋子、帽子……

顧筠想著事情，不久就睡著了。

裴殊側過身，趁著月色仔細瞧了瞧顧筠，這樣看著，心裡就高興。

在外頭的時候，說實話並不好過，莊子上的人聽不懂他說的話，人又多，他以前名聲不好，真是費心費力。但一想顧筠在家裡等著他，他就多了耐心，想著無論如何都要做完。

那些莊子沒有研究室和各種儀器，那些莊戶根本不明白為何這樣做能長好，為何不用土也能長出莊稼。每天他就盼著天黑，回家。

裴殊悄悄握住顧筠的手，把人往懷裡帶了帶。

第十六章

次日一早，天還沒亮，裴殊就醒了。他揉揉眼，起身披上衣裳，去幫兩個屋子裡的菜澆水，又回去睡了個回籠覺，再醒來時，天已經亮了。

吃過早飯，裴殊就出門了。

顧筠去新蓋的棚子看種子，看完之後就見趙老漢走過來，看神色有話要說。

「趙叔怎麼過來了？」

趙老漢笑了笑。「過來看看。棚子蓋好了，夫人是打算種菜？」

前頭裴殊說棚子蓋好了要招工，要麼按工資算，要麼按分成算，所以他過來問。

顧筠明白了。「我夫君是這樣打算的，種點菜賣。」

趙老漢道：「我和裴公子說過，天冷地裡長不出東西來，裴公子沒聽……唉，要是用人的話，我們這邊都閒著呢，一天給點錢就成，也不用按分成算了。」

趙老漢也不怕人說他短見，他種了幾十年的地，除了麥子有冬種，別的莊稼沒有。

裴殊一意孤行，他勸不動，他們就是想賺點錢，一天拿十個銅板，隨時聽裴殊的吩咐，絕不指手畫腳，不然把錢全賠進去，他們還受牽累。

顧筠道：「那行，不過和餃子攤一樣，得簽書契。工錢一天十個銅板，不算太累，先招兩個，太多人也用不著。對了，趙叔啥時候把池塘裡的藕挖出來？就做藕粉，來幫忙的人一天十文工錢。」

一池塘的藕，得挖個幾千斤，再做藕粉，各家送點，剩下的存起來，冬天慢慢喝。

趙老漢痛快地答應下來，然後帶著大兒子上工了。

大兒子還挺不樂意，本來冬天吃得就少，天還冷，在家裡躲著還受凍呢，出去幹活，那多受罪啊！

趙老漢道：「你不要的話，我就帶老三去。你想想你兒子，還得讀書識字呢，你當爹的不想賺錢？」

趙老大說：「唉，現在老二跟他媳婦賺錢，也用不著我。啥也不幹，家裡就不缺錢花……」

趙老漢罵道：「那你不吃飯，你不穿衣裳，覥著臉花你兄弟賺的錢，也不臊得慌？快點！」

趙老大還是去了，趙家算是莊戶的頭頭，這種好事輪不著別家，一天十個銅板，兩個人一天就是二十文錢，一個月六百文，能給家裡添點肉吃。

他們每年都會去挖藕，所以難不倒他們。

裴殊吩咐的事輕巧，就搬東西和澆水，趙老漢進了棚子，明白裴殊在做的事。

種地不用土，而是用水，先不說長不長得出來，這些植物需要抬出去曬太陽。

趙老漢又一琢磨，難不成餃子攤用的小白菜真是裴殊種的？就用這種法子，那可真是奇了！

趙老大看這麼多架子和筐子，還有已經發芽的種子，要是全長出來可有多少菜，賺多少錢啊！

「爹，你就不應該說按天算，跟餃子攤似的分成多好，咱們能賺不少錢呢。」

趙老漢也後悔，不過這都是裴家的東西，和莊子一樣。「跟你說，好好幹，別偷奸耍滑，要不老子準得揍你。」

趙老漢親眼看見種苗長大，從嫩芽變成小苗，一片片葉子長出來，棚子裡全是菜，看著特別喜人。

他和兒子只需要巳時把菜搬出去，申時把菜搬回來，若天冷沒太陽的時候就不用。一人一個水壺，往下頭的木槽裡灑水，還得在屋子裡燒炭，棚子裡比他們家裡還要暖和。

他也琢磨過怎麼種菜，回家的時候按照這法子試了試，種子在炕頭泡水發芽，然後也澆水曬太陽，也不知道缺了哪一步，長出來的菜又黃又小，味道發苦。

趙老漢想應該是水不同，裴殊用的水和普通水的顏色不大一樣，不知道裡頭加了什麼東西，就好像觀世音菩薩玉瓶裡的水，灑了就能長出菜來。

趙老漢是真服氣了。

平時下塘挖藕，白氏帶著媳婦磨藕粉，曬乾裝罐子裡，忙活到了十月初。

今年天冷，初三這天一早飄起了小雪，天灰沈沈的。今兒不用把菜搬外頭去，拿著工錢，趙老漢就跟兒子把棚子裡外打掃了一遍，弄得乾乾淨淨。

燒了炭，灑好水，爺兒倆回家吃飯，正好，趙老二和媳婦也回來了。

「夫人說不擺攤了，下雪沒人願意出來，怕雪下太大，困在城裡回不來。嘿，還是家裡舒服。」

趙老二把錢交給白氏，他們一個月賺六、七兩銀子，這麼算就知道裴家賺多少，想想能賺那麼多錢，雖然不是自己的，心裡也熱得慌。

錢有碎銀子還有銅板，白氏把錢點清，妥貼收起來。「徐家的也都回來了？」

李氏道：「都回來了，明兒要是雪小再過去，就當是歇一天。」

白氏道：「夫人要妳做什麼，照做就對了。一會兒娘替你們殺隻雞，咱們燉雞吃。」

李氏受寵若驚。「娘，我們在外頭吃得挺好，不用費心做這個……你們在家吃就行了。」

在外頭每天都能吃肉，吃著二十文一份的餃子，李氏瞧自己都胖了。

白氏道：「外頭是外頭的，家裡是家裡的，他們啥都不幹還想吃肉？想得美！行了，老三媳婦，妳去殺雞。」

張氏聽話去殺雞，她跟著二嫂到城裡幹過幾天，是真的累，有時候腰都抬不起來，反正賺錢一家用，在家也挺好的。不過餃子是真的好吃，吃不著還怪想念的。

趙家和樂融融，徐家亦是如此。

自從顧筠來到莊子，他們賺的錢變多了，家裡吃得比往年豐盛，雖然做不到天天吃小白菜、大魚大肉，但飯桌上也能見到肉了。

顧筠趕製了幾身冬衣，她去年的冬衣有些小，一試才知道，她好像長高了，胸口那裡也緊了，今年得做新的。她做完裴殊的衣裳，就開始做她自己的，清韻、綠勺再幫忙做一些，很快就做完了。

顧筠把庫房裡的料子都找出來，分給春玉幾人。「你們也做兩身新冬衣，被子若是覺得薄，就做厚一點。咱家不缺炭火，別冷著。」

春玉抿嘴笑了笑，心裡暖暖的，虎子也高興得不得了。

清韻和綠勺在一旁商量怎麼做，繡啥花樣，才好過冬。

都是姑娘家，縱使做伺候人的活計，那也愛美愛俏，得了料子哪有不歡喜的。

春玉比較年長，選的是暗色料子。「咱們將衣服趕製出來，省得受凍。虎子和清韻過幾天還要去城裡，先做他們的。」

虎子摸了摸後腦勺。「謝謝幾位姊姊。」

清韻笑道：「得了，回來也別閒著，你去公子那兒看看需要幫忙嗎？我們做衣裳。」

等虎子走後，關上門，撂下簾子，三人圍著炭盆做衣裳。

這炭無煙無味，是不可多得的好炭，若是從前，她們當丫鬟是用不著這種好炭，就連英國公他們也是用低一等的紅羅炭。

誰能想到離開國公府後，還能用上冰、用上炭，甚至比在府裡用的還要好。

春玉小聲道：「夫人賞的料子太多了，一人兩身衣裳都做不完。」

因為顧筠不要銀子，裴湘就不斷拿布料和棉花過來，她說染料方子是裴殊給的，布坊賺錢又不少，顧筠若什麼都不要，她也沒臉拿那些東西。

裴湘能靠布坊攢下一份體面的嫁妝，她離及笄還有半年多光景，手上有銀子和每月千百兩利潤的鋪子，日子會逍遙自在些。

徐氏並非嫡母，不用指望她給多少嫁妝。

春玉還是擔心這位小姐，徐氏掌握著她的婚事，就怕徐氏隨意找一個對象。所幸公子還在，現在能替小姐作主了。

清韻道：「做不完的料子，留著冬天慢慢做，先趕製一些褥子、墊子。」

「說得是，往馬車裡放個小褥子，冬天來回跑，是極冷的。」

三人妳一句我一句說著話，她們對裴殊做的事也是一知半解，只知道搭上安定侯府。雖然論爵位，安定侯比不上英國公，但是安定侯的爵位是靠軍功掙得，無人敢小瞧。

春玉恨恨地想，以後總有公爺後悔的時候，也有徐氏後悔的時候。

她出來之後每月還是二兩銀子，有冰，有炭，夫人對她極好，還能學不少東西，澄心院那幾個吃裡扒外的東西，總有一天會後悔。

春玉不由想起書房裡伺候的兩個丫鬟，初雪和雅風在國公府還好嗎？也幸好兩人沒跟過來，不然以她們的性子，轉頭去徐氏那兒把公子賣了。

入冬之後，各府也開始準備冬日裡的衣裳吃食，還得安排丫鬟小廝掃雪，不然摔了主子，沒好果子吃。

徐氏讓徐嬤嬤帶人過來替裴湘量尺寸，做冬衣。

「夫人請的是蜀地的繡娘，保准好看。」

裴湘聽了，神色淡淡的。

前陣子府裡設宴，慶祝裴靖立世子一事，也就五桌，沒多熱鬧，但徐氏臉上的笑意藏都藏不住。

裴珍更高興，她終於有了個當世子的哥哥。

徐嬤嬤看著丫鬟們的動作，臉上又帶三分笑。「夫人本打算去雲衣坊裁料子，可一想咱家布坊料子不比雲衣坊的差……」

裴湘靜靜聽著，不接話頭，徐嬤嬤只能說下去。「所以想今年從家裡布坊裁，五姑娘學管家有一段時日，夫人命老奴來問五姑娘的意思。」

一到換季的時候，布坊生意就出奇好，布坊料子顏色新，花樣好，價錢還比雲衣坊便宜，分了不少客人過來。光這十幾天，賺了就有一千餘兩銀子。

生意好就招人眼紅，裴湘道：「既然母親看得起，就吩咐管事去採買，若是料子顏色不夠，只管來我這兒說。」

徐嬤嬤欲言又止，覺得五姑娘像個傻子，聽不懂她話裡的意思。

夫人就是想從布坊拿布，闔府上下，主子、奴才百來號人，一人兩身冬衣得花多少銀子，從前布坊的料子不好，不在布坊做，現在料子好了，還需要自己花錢？

布坊給了裴湘是沒錯，既然裴湘是國公府的人，那布坊也是國公府的了！

徐嬤嬤也不敢深說，量了尺寸後告退，回正院訴了一陣苦水。

「五姑娘就跟個傻子似的，聽也聽不懂，也不知道是真不懂還是假不懂。夫人，那料子還從布坊拿嗎？」

裴湘不鬆口，那銀子不就進了她的荷包？

徐氏嘆了口氣。「罷了，給了她就是她的，眼皮子別那麼淺，原以為她一心在家裡，日後說親好好說和，結果看著是和家裡離了心，我也只好善盡嫡母的本分。」

徐嬤嬤道：「夫人仁義。」

國公府置辦冬衣就花了一百多兩銀子，裴湘賺了不少，沒啥東西比銀子重要。布坊生意好，靠兄長給的染料方子和嫂子畫的花樣，若想更上一層樓，就得推陳出新。

馬上就過年了，客人喜歡更暖、更好看的顏色。

裴湘想去一趟莊子，可下雪路滑，得延後幾天。

這場雪下得大，次日也沒停，裴殊看雪太大，也不準備出去了，就在屋裡待著。

炕上擺了小几，兩人一左一右坐著靠枕，腿上蓋著小被子，几上擺著炒瓜子、糖炒栗子、山楂糕、松子的攢盤，旁邊還有個細枝條編的小簍子，用來盛些果皮。

東西雖小，但用著方便，就像拖鞋一樣。

顧筠一邊看帳本，一邊吃瓜子。

裴殊在看與農業相關的書，是安定侯幫他找來的。一來了解這個時代的農業究竟發展到什麼程度，二來裝裝樣子學給顧筠看，省得以後幹什麼都得解釋，從不學無術到專攻一門，也不是太過匪夷所思。

裴殊一邊看書，還能一邊剝栗子給顧筠吃。

吃了兩個，顧筠就不讓他剝了。「一心不可二用，把手弄黑了，蹭在書上就不好了。夫君快看。」

這回成了裴殊看書，顧筠時不時往他嘴裡餵食，有時是栗子，有時是瓜子，也沒拘禮，兩人相處更自在些，顧筠都忘了未出閣時，父親與母親、姨娘是怎麼相處的了。

瓜子之類的乾果是越吃越上癮，顧筠吃得有些饞了，忍不住問裴殊晚上想吃啥。

裴殊看她托著下巴，眼睛時不時眨一下，滿心期待。

他絞盡腦汁地想。「喝羊肉湯、吃餅子？正好暖暖身子。」

顧筠道：「可是這會兒再燉羊肉，有點膩，光吃羊肉還上火呢。」

裴殊道：「那吃湯麵吧？舀勺麻醬，切排骨，放煎蛋，擱一把小白菜……」

顧筠嚥了嚥口水。「聽著是好吃，可吃不到羊肉了。有沒有能吃到肉，又能吃到麵，還能啃骨頭吃餅，有鹹的，有辣的……」

裴殊老神在在地看了她一眼。「得，就嘴饞唄！我看妳挑來挑去，哪是不想吃，分明是都想吃。」

顧筠笑道：「今天下雪了，就想吃好吃的。」

裴殊伸手捏了一下顧筠的臉。「行了，等著吧！我去弄。」

顧筠道：「我跟你一塊兒，平日你不在家，就今日在，我要跟你一塊兒。」

裴殊笑了笑。「那咱們吃火鍋，有骨頭，有肉，有菜，有麵，總之啥都有。就咱倆吃，還是跟大家一起吃？」

顧筠說：「人多熱鬧，一起吃吧。」

裴殊又問：「中午吃還是晚上吃？」

顧筠想晚上吃。「咱們白日燉肉熬湯，晚上吃吧。」

她喜歡這樣，什麼事不是她一個人來，兩人有商有量的才好，裴殊做什麼也會問她的意思。

「那就晚上吃，妳再想想還想吃什麼。」裴殊在心裡數了幾樣，羊肉片、羊脊骨、小白菜、菠菜、柿子、蘿蔔、香菇，還缺啥……

得熬個高湯，一個辣鍋一個番茄鍋，顧筠肯定沒吃過番茄鍋。

決定好之後，裴殊就開始忙了。

顧筠坐在一旁燒火，一邊在灶裡埋紅薯，只不過火太大，外頭燒焦了，裡面的芯兒還硬著。

裴殊看著黑塊，道：「一會兒我幫妳烤，妳小心點，別燙著自己了。」

午飯吃得簡單，就米飯配上兩道菜。

裴殊把中午剩下的排骨一股腦兒放進砂鍋，小火慢燉，再去棚子裡摘番茄，準備熬個番茄湯底。辣椒必不可少，家裡有麻醬。

春玉幾人更是高興，一塊兒吃飯是主子給的殊榮，證明不拿他們當外人。幾人午睡一會兒，再起來洗菜、切菜，那是有條不紊。

天將黑時，堂屋裡擺了張大桌，桌上放了一個小炭盆，上頭一個大銅鍋，中間分了一格，陰陽魚狀，正是鴛鴦鍋，一半香辣湯底，一半番茄湯底。

鍋子旁擺了不少菜，各種青菜、肉片、麵條、燉好的排骨……

湯底微微冒著泡，香味不斷地往外飄，聞著可真香呀！

顧筠中午吃得不多，現在饞蟲都被勾出來，總覺得哪樣都想吃，在堂屋轉了好幾圈。

裴殊看她餓了，幫她拿了個排骨。「妳先吃一點，一會兒就開飯了。」

這是羊排，肉更軟爛，嘴一抿，肉就下來了，要是放鍋裡，涮一涮，再蘸點麻醬，不知多好吃。

「夫君，還有什麼沒好呀……」

外頭雪花簌簌，不像鵝毛，不像柳絮，倒像是大片大片的棉花，厚厚一層，房簷下的燈籠搖搖晃晃，燈光柔軟。

外頭一片寂靜，裴家卻熱鬧極了。
到了飯點，一家人落坐開飯。
火鍋湯底燒開了，湯汁翻滾，辣鍋顏色偏紅，番茄湯底偏橙。先放肉再放菜，在湯裡滾幾下就熟了，又有好吃的排骨，裹上麻醬，啃一口肉，還能吃到裡面的碎花生。
顧筠以前嫌蒜味重，就怕吃完，嘴裡都是那個味道，可和裴殊在一起，覺得蒜也好吃，很香。
菜是最新鮮不過，稍微涮一涮就軟爛。
辣鍋讓人嘴裡發麻，番茄湯鍋有點酸味，但不重，涮菜好吃。
吃到一半，裴殊出去一趟，端了兩碗飯回來，撥給顧筠半碗，又舀上番茄湯，加了一大勺碎花生。剩下的飯，則分給大家。
「咱們這兒買不著牛肉，要是有牛肉片更好吃，嚐嚐。」
眾人從未吃過，吃得新奇。
虎子食量最大，吃肉多，也吃菜多，其實跟裴殊、顧筠來莊子之前，他還想過公子若還賭博，以後興許倉皇度日，沒錢吃不了飽飯，還受人欺負，最後受不了，夫人提出和離，公子轉頭回去求公爺。
虎子那些天作夢都是這些，夢醒躺在趙家床上，他和趙家的孫子住一塊兒，好半天才能回神。那是虎子想到最差的結果，總之不會更差了。現在想想覺得都是夢，日有所思，自己嚇自己。

「公子，這比餃子好吃，吃一頓啥都能吃，羊肉鮮嫩，還有這麼多菜，紅薯、粉條，最後再吃碗麵，要是喝點小酒……」虎子說得正高興，一抬頭看眾人全看向他。

糟了，怎說到喝酒了？夫人最不喜公子喝酒！

虎子話鋒一轉。「酒就不必了，不喝酒能多吃兩碗肉！」

顧筠低下頭。「咱家裡沒酒，過陣子出去買點好酒，逢年過節喝一點，不為別的，就高興。」

裴殊摸了摸鼻子。「噯，喝不喝都行，妳若是喝我就陪妳。」

顧筠道：「快吃吧，都多吃點，虎子和清韻在外面辛苦，趁著在家好好歇一歇。在盛京若是見到熟人，不必理會，咱們過好自己的日子就行了。」

曾經裴殊有不少狐朋狗友，自從他離開國公府，那些人一個都沒出現過，早早跑得沒影了。

裴殊也未曾找過他們，想來明白雪中送炭難的道理。

顧筠只和陳婷蕓有往來，再加上顧槿和裴湘，與別人無甚交集。

虎子點點頭。「夫人，我都按妳說的做，攤子若有人鬧事，硬氣一點，公理在咱們這兒，若是別的事，不用管就是。」

清韻道：「這陣子也沒見什麼人。徐家的夫妻倆很安分，並未打聽餡料是怎麼配的，做事也乾淨，若是以後開鋪子，可以獨當一面。」

清韻辦事，顧筠放心。

他們不可能一直在外頭擺攤，等存夠本錢了，再買一間鋪子。

筆墨生意還是那樣，每月有百兩銀子進帳，可盛京的鋪子不便宜，一間少說也要幾千兩。

看看今年賣菜能賺多少吧！

吃過飯，春玉和綠勺收拾碗筷，顧筠站在門口看了看雪。

天一冷，窮苦百姓更難過，何時所有人才能吃飽穿暖呢？

——未完，待續，請看文創風1082《廢柴夫君是個寶》下

望今朝碎碎唸唸之人，亦相伴歲歲年年／
寒山乍暖

2021年10月出版

萬能小媳婦

人家對她好一分，她必是要還回十分才覺心安，
偏偏他這人啊，嘴上從不會說些甜言蜜語，
不過她曉得，他是將她放在心尖尖上珍藏著的，
於是乎，她欲走不能，莫名丟了心；
於是乎，她甘願和他結髮一生、相伴一世……

文創風 996 1

因為長得漂亮，命格又與沈羲和相合，所以顧小被沈母買回家當他的童養媳，
可被壞心奶奶賣掉的她一心只想回顧家找娘親，於是她大著膽子去尋賣身契，
不料陰差陽錯之下被眼裡揉不得沙子的沈母抓了個現行，認定她在偷錢，
沈家是容不下偷雞摸狗之人，更何況「偷」的還是沈羲和的趕考銀子！
毫無懸念的，她被趕走，結果在回顧家的路上摔下崖，結束坎坷的一生，
然後……顧筱就發現自己一睜開眼竟穿書過來，成了顧小那個小可憐了！
最要命的是，她就在案發現場、手裡正抓著那只該死的錢袋！
估計沈母現正站在門口準備進來抓她呢，這是天要亡她吧？

文創風 997 2

按原書設定，自小聰慧的男主沈羲和年紀輕輕就考中秀才，且一路考一路中，
三元及第、加官進爵後還娶了善良的女主，顧筱當初看書看得是無比開心，
然而，當她成了男主功成名就前那個短命的童養媳，故事可就不那麼美妙了，
因為沈羲和從未喜歡過那個性子怯懦、舉止粗鄙又大字不識一個的童養媳啊！
若她硬留在沈家就是擺明了招他嫌的，可她就算有心想走也走不了呀，
畢竟她初來乍到，還人生地不熟，空有美貌卻沒錢沒勢地在外走跳鐵定完蛋，
更何況，她的賣身契還捏在沈母手中呢，沒拿回來前她也沒那個臉偷跑，
所以她決定了，得先想法子賺錢攢夠銀子，把賣身契贖回來再揮揮衣袖走人！

文創風 998 3

由於家裡出了個很會讀書的沈羲和，一家子傾全力供他讀書科考，
所以沈家十幾口人，平時日子過得緊巴巴的，那是真窮，
家中大權握在沈母手中，就連柴米油鹽能用多少都是她說了算，
因此身為女子的顧筱要在家裡頭吃口肉實在是奢想，
不過她算是漸漸抓到了跟沈母相處的訣竅——順著毛摸！
凡事只要打著「為了相公好」的名義，沈母就沒有不點頭的，
憑藉這點，她私下做手工藝攢錢的事沈母都沒多說什麼，
因為在沈母心中，她就是個為了相公掏心掏肺的傻丫頭呀！

文創風 999 4 完

羊毛氈、貝殼風鈴等，顧筱努力做出各種精緻的手工藝品來吸引顧客，
名聲出來後，越是獨一無二、出自她手的作品，就越是有人搶破頭要收購，
不過她也沒忘了帶領沈家人開食肆、買土地，過上滋潤的日子，
她出得廳堂、入得廚房，賺得盆滿缽盈，讚她一句萬能小媳婦她都不害臊，
雖然沈羲和早把賣身契還她，可奇怪的是，重獲自由身的她竟捨不得離開了，
再加上她那名義上的相公早已滿心滿眼都是她，對她呵護備至、疼寵有加，
所以她認真想了想，要不……就留下來嫁給他，不走了吧？
賺錢養家這種小事交給她，他便負責光宗耀祖，這筆買賣似乎還挺划算的啊！

為流浪貓狗加油 和貓寶貝 狗寶貝

廝守終生（一定要終生喔！）的幸福機會

對人來說，貓寶貝狗寶貝只是生活的一部分，但妳（你）對牠們來說，卻是生活的全部，領養前請一定要考慮清楚——

▲ 花甲男孩寶刀未老 爺爺

性　　別：男生

品　　種：米克斯（有混到梗犬）

年　　紀：12歲

個　　性：親人活潑、愛玩耍

健康狀況：已結紮，曾患艾利希體，每個月有固定投藥（全能狗S）

目前住所：臺中市霧峰區

本期資料來源：朝陽科技大學動物保護志工社

第333期推薦寵物情人

『爺爺』的故事：

爺爺，是校園狗舍裡的一隻流浪犬，十餘年來，在社團歷屆同學們的細心照顧下，和相處的同學培養出深厚的感情和珍貴的回憶，如今因社團即將走入歷史，爺爺也正在等待著有緣人能給牠一個溫暖的家。

一隻活潑可愛的小狗狗，為什麼會取名叫做爺爺呢？因為牠的毛是鬈鬈的，毛色偏灰黑色，看起來和藹可親，所以才會取名為爺爺。但是別小看爺爺，牠有著最真最可愛的一面，常喜歡站起來，將前肢貼在人胸前玩耍，沒事的時候會咬著小球球，也很喜歡玩玩具，對牠下達指令時都會乖乖照做，性情穩定又很好照顧。

爺爺的個性十分親人，食慾和食量都非常好，體力更是一級棒，而且跑起來超級快，不玩個二、三十分鐘可是不夠的呢！不過帶爺爺出去運動之前，幫牠繫牽繩時，要隨時注意爺爺偶爾會有興奮得跳起來咬牽繩的狀況喔！

希望有緣的領養人能好好愛護爺爺，並且常常帶牠出去跑跳釋放精力，享受以往未曾享受過的自由。歡迎敲敲朝陽狗狗粉絲團FB，試試與爺爺的契合度吧！

認養資格：

1. 認養人須年滿20歲，男性役畢，有穩定的經濟能力。
2. 須同意簽認養寵物切結書。
3. 須同意送養人日後之長期追蹤，對待爺爺不離不棄。

來信請說明：

a. 個人基本資料：姓名、性別、年齡、家庭狀況、職業與經濟來源等。
b. 想認養爺爺的理由。
c. 過去養寵物的經驗，及簡介一下您的飼養環境。
d. 若未來有結婚、懷孕、出國或搬家等計劃，將如何安置爺爺？

love.doghouse.com.tw 狗屋誠心企劃

文創風
1081

廢柴夫君是個寶 上

國家圖書館出版品預行編目資料

廢柴夫君是個寶 / 寒山乍暖著. --
初版. -- 臺北市 : 狗屋出版社有限公司, 2022.07
冊 ; 公分. --（文創風 ; 1081-1082）
ISBN 978-986-509-340-2（上冊 : 平裝）. --

857.7　　111008731

著作者	寒山乍暖
編輯	黃鈺菁
校對	黃薇霓
發行所	狗屋出版社有限公司
地址	台北市104中山區龍江路71巷15號1樓
電話	02-2776-5889～0
發行字號	局版台業字845號
法律顧問	蕭雄淋律師
總經銷	知遠文化事業有限公司
電話	02-2664-8800
初版	2022年7月
國際書碼	ISBN-13　978-986-509-340-2

本著作物由北京晉江原創網絡科技有限公司授權出版

定價260元
狗屋劃撥帳號：19001626
網址：love.doghouse.com.tw　E-mail：love@doghouse.com.tw